長谷川龍生の詩と
その歩み探究

前川整洋

図書新聞

目次――長谷川龍生の詩とその歩み探究

三　詩集の読解・解説

はじめに

戦後詩と呼ばれている詩は、ヨーロッパ流のモダニズムを志向しながら、戦後における戦争への反省を表白するとともに、近代思想や近代化の批判をくりひろげた。戦後ということだけではない戦後詩は、わが国固有の現代詩となった。この戦後詩を主導したのが、モダニズム系の詩誌「荒地」とプロレタリア系の詩誌「列島」であった。戦前に鮎川信夫が創刊した「荒地」を引き継ぐかたちで、昭和二二年九月、第二次「荒地」が田村隆一を編集長として創刊にいたった。伝統的な詩法からの脱却と社会批判を志向したモダニズム系の詩人のグループであったが、戦前のモダニズムが国民的好戦気運への歯止めとしてははたらかなかった事実を踏まえて、経験にもとづく共通の時代意識である反省と厭世観の詩情（ポエジー）を推し進めた。さらに戦争による物理的だけでなく精神的な荒廃を暗喩などにより映像化（ビジュアル）し克服することにとり組んだ。一方、詩誌「列島」は昭和二七年三月、「芸術前衛」と「造形文学」の中心に、その他の詩誌もふくめて発足した。「荒地」に対抗する狙いをもった「列島」は、プロレタリア系の詩人のグループであった。社会主義リアリズムやダダイズムに傾倒したプロレタリア詩も、戦争への激流をせき止めることはできなかった。この事実を検証するとともに、モダニズムをとり入れた新しい詩法をきり拓くことで、社会体制の矛盾や封建的な意識の暴露と、社会主義の推進を図った。
「荒地」の代表的な詩人には、鮎川信夫、田村隆一、黒田三郎、北村太郎、中桐雅夫、三好豊一郎、木原孝一など知名度の高い詩人が揃っていたのに対し、「列島」の代表的な詩人は、野間宏、関根弘、安東次男、木島始、長谷川龍生、黒田喜夫などであった。野間宏は詩人としてより小説家として知られている。総じて「荒地」の詩人の方が今日まで名が知れわたっているが、「列島」では長谷川龍生が抜群の実績を残した。「荒地」「列島」の詩人の中で、令和まで活動しながら生きつづけたのは、長谷川龍生だけである。

長谷川龍生は「列島」の詩人として登場したことから、社会主義リアリズムの詩人とされている。わが国の社会主義リアリズムは、ソビエト連邦で規定されたグローバルな社会主義リアリズムではではなく、社会主義を志向したアヴァンギャルド的な詩法のことである。それがどのようなものであるのかは、詩の専門家やプロレタリア系の詩愛好者以外には、ほとんど知られていない。第二次世界大戦前において、わが国におけるプロレタリア系の詩人が、社会主義リアリズムの手本としのが、ロシア革命前夜にあらわれたウラジーミル・マヤコフスキーである。彼の詩は資本主義社会を風刺するだけでなく、社会の矛盾や政治体制の膠着を皮肉ることともくりひろげた。三六歳での自殺は、謎の死とされている。その後は、スターリン政権のもとで、アヴァンギャルド的な詩法は排除され、社会主義リアリズムは革命に奉仕するものに変貌してしまった。

長谷川龍生はわが国の社会主義リアリズにたいして、深層心理の反映や芸術的なイメージの生成やヒューマニズムの明瞭化を企てることで、それをモダニズムにまで高めた詩人なのである。詩のモダニズムの方法には、フォルマリズム、ダダイズム、シュルレアリスム、新即物主義、イマジズム、主知主義（インタレクチャリズム）などがあるが、長谷川龍生は戦後の詩壇において主知主義を主導した。

長谷川龍生の詩は難解であることで有名である。それにたいして、エッセイ「〝ことば〟と体験」（昭和五一年）において、長谷川は読者に、日常語ではない詩の特殊性を理解する努力を要望している。

よく私は、私の詩作品について注文をつけられることがある。もっと、われわれ一般にわかるような詩をかいてくださいよ、と言われる。また、平常、使っているような日常語で、作品をかいてくださいよと言われる。そのときは、本当に困ってしまう。私の詩は、私の言語体系から編み出されて完成したものだ。そして意味する世界は、一般的なものではない。むしろ特殊で、異常な次元のものである。かいつまんで言えば、日常の世界に反逆するもの、日常の世界に抵抗するもの、日常の世界に「活」を与えるものである。

この言説は、長谷川の詩だけでなく、ダダイズムからはじまったモダニズム詩全般に、多かれ少なかれいえることなのである。

長谷川の言っている「私の言語体系」とは、彼が編み出した詩法である「移動と転換」などのことである。その後は、さらに「シュルドギュメンタリズム」にもとづいて詩作するようになり、ますます難解になってゆくが、このときはまだ、「シュルドギュメンタリズム」にはいたっていない。「シュルドギュメンタリズム」での「ドキュメント」とは、歴史上の事件・出来事などを記録した文書のことで、それをのり超えるということである。「シュルドギュメンタリズム」により歴史の解釈をやり直している。そこでは長編詩であることが、活かされてくる。このことからも、長編詩に長谷川龍生の最大の特徴がある。その長編詩では、詩集（以下、詩集は略す）『虎』の詩（以下、詩は略す）「恐山」や『詩的生活』の「王貞治が6番を打つ日」などが有名であるが、詩的レトリックや詩境や思想などでさらに優れているといえる長編詩は数多くある。また中編・短編詩で『パウロウの鶴』の「パウロウの鶴」や「理髪店」が有名であるが、さらに深い内容や意外性に富んだ詩も相当数ある。

長谷川オリジナルの詩法である「移動と転換」や「シュルドギュメンタリズム」などを理解した上で、詩の中に登場する事件・出来事や人物ついてのいくらかの知識があれば、難解さが文学的だけでなく人間学的や社会学的な醍醐味となってくる。長谷川龍生の詩法の変遷をたどるとともに、各詩法の仕組みを解き明かした上で、すべての詩集の代表作を解説する。このようにして、長谷川龍生の詩とその歩みを探究してゆく。

《参考文献》

稲田定雄：世界の詩集16　マヤコフスキー詩集、角川書店、一九七三

小笠原豊樹：マヤコフスキイ詩集、彌生書房、一九六四
長谷川龍生：現代詩文庫　続・長谷川龍生詩集、一九九六

一　生い立ちと遍歴

一－一　生い立ちと習作期

詩誌「潮流詩派」を創刊した村田正夫は、長谷川龍生とはいろいろと交流があった。長谷川が生い立ちや遍歴を語るとき、どこまでが真実なのか分かりかねる、と村田は書いている。

長谷川龍生はその生い立ちなどについてあまり語ろうとしない。自伝的なものをかいても、現実と非現実が交錯するフィクションの世界の上にそれが成立しているかのように私たちは受け取ることになってしまう。

たとえば彼は「自閉症異聞」（一九六八年）という自伝的な文章でショッキングに〝長谷川家〟の家系を披瀝している。その中で彼は

——略——

〈私の母親、長谷川イクは一九三六年八月一九日午後、明らかに栄養失調死

潮流詩派260号

している。ものの豊富な時代に栄養失調死とは全く恥しいことである〉と父母について書き、四人の兄と二人の伯父（叔父）の死について書き、〈他、もろもろ、長谷川家の一族は、たくさん居るが、ほとんど行路病死、変死の家系である〉とつづけてゆく。

ここに引用した父死亡時の感慨については私も共感するところがあるのだが、この「自閉症異聞」自体が彼の詩的世界への発想の基盤となる〝幻〟の自伝ではないだろうか。長谷川龍生は自伝も含めて現実を語るとき、詩を語るとき、すでに詩と現実の世界は一体化して同次元に錯綜するからである。（「潮流詩派　260号」）

長谷川龍生の詩法は、事実や体験にフィクションを組み合わせていることから、このようなことがいえるのである。略歴については正確なことが分かっているので、それをたどることにする。

旧制中学三年生

長谷川龍生は、昭和三年、大阪市東区（現・中央区）船場の生まれである。いわゆる戦中派であり、戦後の代表的な社会派詩人である。第二次世界大戦の空襲では街中を逃げまどったこともあった。反米感情はそのときの体験からのようだ。長谷川家は商家で、七人兄姉（五男二女。兄四人は夭折）の末っ子であった。幼少の頃より失語症に陥る。エッセイ「自閉症異聞」に「私は小さい時から、この長谷川家をぶきみな呪いのかかっている家筋として、うすうす知っていた」と書いている。母イクは、八歳のとき亡くなっている。父は失踪してしまったことから、さまざまの家に預けられた。中学（旧制）は、材木問屋の長屋に住みこみ、そこの主人の世話で通学した。在学中に第二次世界戦争に突入した。

文学にのめり込むようになった経緯について、戦時中の中学校でのエピソードをエッセイ「自分の天職とは逆の方向に美をもとめて」に書いている。

私が詩らしいものをかきはじめたのは、ある約束ごとへの抵抗が要因になっている。戦争の時代に、私たち学生は、毎日の日記と、反省録というものを強制的にかかされて、担任の教師に提出することが義務づけられていた。その当時の私たち学生の日常生活といえば、まさに単調そのものであった。日ましに増えてくる軍事教練の時間と、軍需工場への奉仕の時間が、私たちをしばっていて、新しい日常感覚の発生など、皆無であった。

うっせきした気分をとりはらうために、文章を書きはじめ、詩らしきものも書くようになったとのことだ。戦争の状況が悪化するなかで、「詩は、そのような状況の私から発生した」とい書いている。アメリカ軍の爆撃で、逃げまどい、さらに中学生ながら自慢にしていた蔵書を焼失した。このことからも、反米感情がつのっていった。戦争が終わる寸前に材木問屋は全焼した。中学五年生になっていたので、動員先の兵器補給所から中学校に復帰せずに社会に出ることになった。その後は放浪の旅をつづけたことについて、「詩を唯一のものとする生活者の単純な方法であった」と書いているが、西行や芭蕉が漂白の旅のなかで、新境地を拓いていたことと相通じている。

明治・大正・昭和の一五年頃までの抒情詩を読みこむようになっていたが、これまでの生活感覚からは合わなかったという。苦しみや悲しみを一時的にのりこえるには、抒情的な境地で間に合うかもしれないが、それはごまかしのように思えたというのである。

一八歳のとき小説家をめざしたが、弟子入りするつもりだった藤沢恒夫に詩の方が向いていると勧められたことから、小野十三郎の詩のグループに参加するようになった。小野は短歌の抒情を廃した作風を提唱していた。その作風では、感情をこめず、事物や事象によりストーリー性を創り出している。長谷川の詩にストーリー仕立てが多いのは、もともとあった小説の素養と小野の影響といえる。

昭和28年大阪市民愛唱歌授賞式会場（左）・25歳

一―二　戦後詩の時代

戦後の詩壇は、当然ながら大混乱からはじまった。長谷川龍生は昭和二三年、浜田知章の同人誌「山河」に参加。その後、昭和二五年、「新日本文学会」に入会、「造形文学」の、彫刻家でもあった井手則雄に誘われ、昭和二七年に関根弘、菅原克己、黒田喜夫らの詩誌「列島」に参加した。昭和二九年頃から「日本毛織新聞」*の記者として、頻繁に大阪と東京を行き来するようになる。それまでは、さまざまな職業に就いたと、エッセイ「自分の天職とは逆の方向に美をもとめて」に書いている。

わたくしは、二十代のときに、自己の生活と、心を養うために日傭労働者、港湾労働者、日傭セールスマン、業界新聞記者などをやった。くわしくいえば、もっと、さまざまなことをやった。しかし究極をいえば、ほんとうの人間の詩を、生活する場から発見したいという欲望からであった。現代詩というものは、伝統の文化から直接観念的に生み出されるものではないことを、どういうわけか、わたくしは本能的に知っていたのである。

社会主義リアリズムの詩人としては、フィクションのためのフィクションならないための経験を積んだことになる。フィクションが先立つと、空事におちいってしまう、ともいえる。

昭和三二年には第一詩集『パウロウの鶴』を書誌ユリイカの伊達得夫の尽力で世に送り出し、第八回H賞（現・H氏賞）の次点となる。戦後の経済成長がはじまったときである。経営者と労働者というより労働組合との闘争が、激化していった時代でもあった。この年、勢力的な詩作活動から（株）電通の専属コピーライターに抜擢され、東京に移住した。それから、大手企業にも出向してコピーライターを務める。代表的なコピーとして、クリスマス当日の新聞における「今日のサンタはパパだった」などが知られている。

電通オフィス・30歳

東京に移住してきて間もない頃の苦難の状況について、医師で「列島」の詩人であった御庄博実は、エッセイ「沸騰し静謐する精神の倍音」で、次のように書いている。

僕が代々木病院にいた頃、頻死の黒田喜夫を救急車で搬んで来たのも彼であった。その頃龍生を支え、無理に無理を重ねていた静子夫人が高熱を発して、肋膜炎に倒れ、僕は代々木病院で彼女をあずかった。二人の子供をかかえ、生活を支えていた夫人の病臥は、詩人・長谷川龍生にはいたくこたえたであろう。新日本文学会の詩委員会の発行する「現代詩」の編集長でもあった彼は、二人の子供の生活をかかえ病妻を見舞い、黒田喜夫の病室を訪ねたりしていた。あまりにも輻湊、重複する「日常」は、彼には耐え難いことであったろう。(「現代詩手帖　第四五巻・第七号」)

昭和二九年から三五年にかけて、鮎川信夫、関根弘らの詩誌「現代詩」に参加した。この間、昭和三三年からは編集長をひきうけ、雑誌の内容を刷新した。

＊九〇歳近くになっていた長谷川龍生に東京移住の頃について取材として尋ねたところ、業界紙の記者をしていて、確か「日本毛織新聞」であったと言っていた。「日本毛織新聞」であったかは、記憶が曖昧であった。

一―三　高度経済成長期から平成・令和時代

昭和三五年には安部公房らと「記録芸術の会」を結成し、さまざまな芸術家と交流をもった。とりわけ花田清輝からは多大な影響を受けた。この頃、安部公房に新宿の中華料理店に倉橋由美子と共に招かれたが、そのとき、長谷川龍生が安部の傑作『砂の女』のモチーフとなる話をした。

昭和三八年の冬から翌年の初春にかけて、海外旅行に参加したが、初めての渡航であった。日ソの作家交流を兼ねてのもので、ソ連各地（モスクワ、レニングラード、カリーニングラード、リガ、ミンスク、キエフなど）に三ヶ月ほど滞在したのだった。この年から九年間、㈱東急エージェンシーの広告企画部長を務めた。

四〇歳代となって新しい詩法であるシュルドキュメンタリズムにとり組みながら書き上げた、昭和五三年の『詩的生活』で第九回高見順賞受賞する。その後、アメリカやヨーロッパ、中東などの一人旅をつづけた。海外を旅する目的について、エッセイ「いまから、詩にかきたいことなどを、含めて」に書いている。

私が、「日本人とは何か」という命題にとりつかれてから、はや、三年の月日は経過している。そのあいだ、世界各地への旅を、三たび敢行して、さまざまな人種の人間たちと話あいながら、私は、私なりの感覚と思考で、日本人を振りかってみた。ここでは、日本人という国籍のようなものを問題にしているわけではない。日本という、ある程度、外敵からめぐまれた島国に棲む人間の性質や、考え方などが、あるいは、その環境から生れてくる行動や心理が、どのようなパターンを形成しているかを、文学の詩の形式と、方法で追究したいと願っているからである。もっとも、詩的でない材料のものを、ドキュメンタリイ的な手法で追跡し、その底部に、人間愛のような固まり、いや、むしろ、愛国心などというような民族感情をこえて、人類愛のようなものを発見できないかと、考えているのである。

詩集（以下、詩集は略す）『バルバラの夏』の「バルバラ」は、旅行中に知り合ったフランス人女性である。『椎名町「ラルゴ」魔館に舞う』では、西池袋の椎名町のアパートでの生活体験の手記を詩編へと進展させている。この詩集の四年後に、『知と愛と』を刊行した。その三年後、アメリカとヨーロッパの一人旅の成果である『マドンナ・ブルーに席をあけて』を刊行した。同じ年に『泪が零れている時のあいだは』も刊行しているが、シュルドキュメンタリズムに徹した内容であった。

平成一三年から私は、日本文学学校の長谷川龍生先生の詩講座に出席しはじめた。講座の帰り、詩人の白井知子さんの声かけで、中央線東中野駅近くの喫茶店で長谷川先生を囲んで談笑することがあった。長谷川

喫茶店

先生が、「人生でいまが一番気楽になれて、もっともいいときだ」と言っていたことが思い出される。この頃は詩の初心者であった私は、長谷川先生と言葉を交わすことはなかった。

平成一四年には、一三年の沈黙を破って『立眠』の刊行にいたった。磨き抜かれた独自の詩法にもとづいて事実とフィクションで織り合わされた詩的世界が築かれている。ここで、トップレベルの詩人群から抜け出し、現代詩の頂点に立ったといえよう。

平成一五年に日本文学学校は、プロレタリア文学中心の方針が、若い世代には受け入れられなくなり、社会派文学志向から文化芸術志向の文藝学校となった。長谷川龍生先生というとモダニズムであるが、その「想像を挿入することにより現実をよりリアルにする」というモダニズム詩法を、私のテーマである山と自然の詩にとり入れることが難しく思えたことから、平成一七年に長谷川先生の詩講座を去った。私はその後、詩作だけでなく、山と自然の詩についての評論も書くようになり、さらに文芸評論にもとり組はじめた。平成二二年に文藝学校の通信教育の評論部門に申し込んだところ、長谷川先生に担当していただけた。さらに、「ディスカッションしながらやった方がいい」と言っていただいた。文藝学校からは退校すれば長谷川先生の意向通りしてよいとのことで、長谷川先生の自宅を訪問して、文芸評論について指導を受けることができた。この頃はまだ大阪文学学校の校長をされていて、大阪へは夜行バスで訪れているとのことであった。大阪文学学校校長は平成二六年、八六歳で退任された。毎月二回務めていた文藝学校の詩講座講師も、このとき退任された。その後も「現代詩手帖」などに詩の最新作の掲載はつづいた。

なお、平成二九年刊行の『詩畫集 山の音感』は、昭和五七年から五九年にわたって山岳雑誌「岳人」に連載した詩を集めた詩画集である。五四から五六歳にかけての詩作であり、『椎名町「ラルゴ」魔館に舞う』を刊行した頃であった。改めて社会派を代表する長谷川龍生における詩のテーマが、自在であったことを知るのである。

現代詩手帖第62巻・第11号

《参考文献》

麻生直子・編：潮流詩派 260号、潮流出版、二〇二〇
長谷川龍生：詩のおくりもの 2 青春の詩、筑摩書房、一九八一
長谷川龍生、片桐ユズル：現代詩論 6、晶文社、一九七二
小田康之・編：現代詩手帖 第四五巻・第七号、思潮社、二〇〇二

二　詩法の変遷

二―一　「移動と転換」と「直感」

第二次世界大戦の終戦は昭和二〇年で、それから一〇年間ほどが、戦後詩の時代であった。詩グループの「荒地」と「列島」が、戦後詩を主導した時代でもあった。長谷川龍生は「列島」の詩人として世に知られるようになった。しかしながら、「列島」参加は昭和二七年であり、大阪から東京に移住したのは、昭和三二年である。大阪在住であったことからも、「列島」には積極的には係わっていない。創刊号に詩「カンムリツクシ鴨」、昭和二九年の風刺詩特集に風刺詩二題が掲載されているだけである。「列島」は昭和三〇年に終刊した。第一詩集『パウロウの鶴』の刊行は、昭和三二年であった。昭和二三年から参加した、大阪の同人誌「山河」掲載詩の多くが、この詩集に掲載されている。それらは、戦後詩の時代に書いた詩である。この詩集の巻頭詩であり、詩集名にもなっている詩「パウロウの鶴」は、労働運動の力強さのアレゴリーになっているが、労働運動だけでなく、社会全体の発展の願いもこめられている。

高度経済成長期は昭和三〇年から昭和四八年頃までである。詩集（以下、詩集は略す）

『虎』（昭和三五年刊、以下の刊は略す）『泉という駅』（昭和五〇年）がこの時期の詩集である。昭和三八年の冬から翌年にかけてソ連各地を旅行した。その後の詩集にあたる『泉という駅』からは海外を舞台とした詩が多くなった。

長谷川龍生の詩法は、小野十三郎の短歌的抒情を拒否した即物主義を継承することからはじまった。昭和四二年刊の『詩の本　第2巻　詩の技法』の「不毛と無能からの出発」の章の冒頭において、形象による詩作を志向している、と書いている。

たいへん大げさな表現になるようですが、果して、この私に詩の作品を本当の形象で書けるのだろうかという疑問が、いつも私の心を不安にさせています。

と書き出してから、次に発想について書いているが、この発想とは事件・出来事のことである。〈　〉で表題を示して書いている。

〈発想〉

発想は、ある瞬間に、とつぜんやってきます。待ちかえていた駅馬車が、私の詩のフィールドの一本道を砂塵をあげて迫ってくるように、私の観念の眼の中にとびこんでくるのです。

発想した事件・出来事のいろいろなパターンを考え、これらを発想の膨張としている。それをどうのように作品にむすびつけているかを書いている。

〈発想の膨張〉

——略——

以上のような映像のパターンが、発想の膨張となって、しだいに正確な流動体になってきます。発想は気体のようなものでありますが、その発想の膨張は流動体（液体）のようになっています。そこには、リズムがあり、音が生じ、色彩がうつし出され、状況の細密化がうながされてきます。しかし、この状態では、まだ作品化にはなりません。時間的な醗酵の問題が残されています。

「気体」の流れは見えないが、「液体」は見える。「発想の膨張は流動体（液体）のようになって」とは、リアルな映像になることである。発想を映像へと進展して、それが詩作へとむすびついてゆく。そして、詩作には醗酵が必要であると書いている。

〈形象化の方法を探る〉

いままで、発想の段階を、できるだけ忠実に叙述してきたつもりでいますが、ずいぶんと抜けている部分もあります。散文の形では、どうしても、表現できない部分もあるわけです。実際の詩作の上では、いままでのことは、決して文章化されません。できるだけ、発想は頭脳の中で養成され、醗酵されなければならないのです。実際に文章化してしまうと、夢を記述するのと同じように全くつまらないものになってしまい、自分自身においても魅力を失ってしまいます。それは、とつぜんに自分のフィールドに侵入してきた砂漠の駅馬車を停車させ、乗客たちを何の意味もなく、砂漠の中央に放りだしてしまうことに似ています。それでは、元も子も無くしてしまうので、一部分は忘却しても、文章化は絶対に避け、頭脳工場での温存を待つわけです。

表題にある〃形象〃とは、人間によって知覚される〃事物の象〃であるが、ここでは行動・動作の映像のことなのである。発想から進展してきたリアルな映像である〃形象〃は、散文ではなく、詩句で紡ぎ出されなくてはならない。そこでは、〃形象〃は頭脳の中で醗酵されてから、詩句へとねり上げられることになる。行動・動作の〃形象〃の連続が、叙事詩・詩劇あるいはモダニズム詩となってゆく。

頭脳の中での醗酵から詩句を紡ぎ出す詩法を、「移動と転換」の詩法へと発展させている。それについては、昭和二七年一二月発行の同人誌「詩と詩人」に掲載された評論「移動と転換」（この評論は昭和四七年刊の『現代詩論　6』の「移動と転換」の章に掲載されている）で、次のように書いているが、論理的には示していない。

> 人間の内部にたえずおこる思考や、感情をふくめての、いっさいの現実の否定のひそかなる方法は、外部に現れて出るアクションの律動とおなじように、ほんの一秒にもたりない時間のうちに、おそろしい速度で経過する。なかなかそのスピードをもった真実は見ることはできない。しかしその一秒の体験をとらえるためには、ながい時間をかけて、断片的に馴らされた人間の意識をアクションの律動に乗せる必要が生れてくる。ここにおいて終止符をうちつける思考の感覚と操作はなくなる。それは詠嘆や没入や余韻を拒絶するとともに、新しいモノローグをつくる基盤となる。

「新しいモノローグ」は詩作のことである。回りくどい言い方をしているが、現実の内部や裏側は、律動からなるアクションで暗示的に、あるいはイメージとして可視化できるということだ。ピカソ絵画のデフォルメについても、ある種のアクションであると、「移動と転換」の章において書いている。

ある小冊子で戦時下に描かれたというピカソの「静物」を見た。全体から見ても割合はっきりしているし、静物についてのイデーにはひとかたならぬ内部抵抗を感じているので、すこしの運動の印象でも嗅ぎつけたらばと私流儀でよく観察したが、案の定、それはどうも静物ではないようだ。静物を対象として描いているが静物ではない。それは色線の上での重大な革命をひきおこし、明らかに「静物」への挑戦を、動的なスチュエーションから試みていると想った。

スチュエーション Situation は状態・事態の意味であるが、ここでの「動的なスチュエーション」は、アクションであるといえる。初期代表作の詩「パウロウの鶴」でも、アクションがくりひろげられている。「移動と転換」における、〝移動〟は〝アクション〟であり、〝転換〟は場面の転換である。この〝アクション〟はアクション映画の〝アクション〟と類似していて、あてはまる日本語は見当たらないが、行動・動作あるいは動きということである。詩人（詩だけでなく評論・エッセイ・書評などの実績から〝現代詩作家〟とも呼ばれている）の荒川洋治は詩の読解の難しさの一例として、行分けのオリジナリティについて書いている。

行分けには、作者その人の呼吸の仕方がそのまま現れるからである。その人のもの、その人だけのものだから他の人はその呼吸に合わせることはできない。

行分けも〝アクション〟に律動を加えているのである。律動を生み出すレトリックとして、行分けの他には、音数律・リフレーン・体言止めなどがある。「移動と転換」では、真実・真相や改革のヴィジョンや人間の悪徳などは、律動をともなった〝アクション〟を通して顕現される。他方、荒川洋治は詩に備わっている洞察力は、そのベースに〝詩のことば〟があると論断している。

（『詩とことば』）

散文は、つくられたものなのである。

散文そのものが操作、創作によるものなのだ。それは人間の正直なありさまを打ち消すもの、おしころすものだから、人間の表現とはいえないと思う人は、散文だけではなく詩のことばにも価値を見る。（前出）

〝詩のことば〟では、作者の考えや判断について、論理的や学識的な語りではなく、感じたことをストレートに表現ができる、のである。〝詩のことば〟や詩的レトリックは、表層の事実から内部を立ち上がらせる、あるいは暗示する、ことができる。散文で書くとは、論理的に、概念的に書くことで、そこでは何かがとりつくられていることもある。「移動と転換」は〝詩のことば〟でくりひろげられることで、真実・真相や見逃している本質の解明をなし遂げているのである。

「移動と転換」における〝アクション〟を中心に論じてきたが、〝移動〟は〝アクション〟であり、その〝アクション〟が〝転換〟をもたらす。〝転換〟は場面のチェンジである。

「移動と転換」は長谷川龍生のオリジナルの詩法ではあるものの、〝転換〟についてはエリオットの長編詩「荒地」で、ストーリーが唐突もなく別のストーリーへと入れかわってゆくことが行われていて、これも〝転換〟といえる。一九二二年に発表された、モダニズム詩の金字塔とされている「荒地」は、五章四三三行からなる長編詩であり、現代社会の繁栄とは裏腹の頽廃と、そこでの人間の生きがいの実態を暴露している。各章は直接的なつながりのない独立したストーリーとなっているだけでなく、章のなかにおいてもいくつかの違ったストーリーがくりひろげられているのだ。このコラージュは、頽廃と物質主義の真実暴露と、そこからの再生のイメージを出現させる仕掛けをもっている。長谷川龍生がエリオットの「荒地」を参考にしたのかどうかは、分からない。他方、「荒地」はストーリーが入れ替わっているのに対して、長谷川の場合は、場面が入れ替わってゆく、という違いがある。どちらも二つ以上の別のことが、新しいイメージを創り出すことは共通している。美術のコラージュ、あるいは和歌の掛詞や本歌取りも同じ仕組みである。さらに、「不毛と無能からの出発」の章の終わりのところでは、リアリズムにもとづき「シュールな世界」を創出できる、と論じている。

私の頭脳の中の想像力、あるいは映像力は、しだいに、リアリズムから、反リアリズムの形をとっていきます。リアリズムの価値転換を狙っているわけでありませんが、実体の前に障害となっているさまざまな要素について思考を始めるからです。それから、さらに思考はシュールな世界を浮遊して、その行動半径の中で、できるだけ新鮮な言葉と表現を発見しよう、創造しようと努力します。

〝超現実〟の「シュール」は、現在は「シュル」とつづるのが一般的となっているので、「シュール」は「シュル」とする。長谷川龍生は社会主義リアリズムの詩人と見なされている。ところが、「移動と転換」の詩法では想像・空想からのフィクションにより、詩が成立している。そして、ここでのフィクションという反リアリズムは、リアリズムと相互に行き交っていることから、リアリズムともいえるのだ。

『虎』の長編詩「恐山」は、行動と場面が次々に入れ替わっている。『パウロウの鶴』『虎』の特徴は、即物と抒情の融合、自然讃美や霊的境地の顕現、サスペンス事件の内幕探索、加害志向の人間性の暴露などであった。

『虎』(昭和三五年)から『泉(ファンタン)という駅』(昭和五〇年)の出版まで、一五年間の空白期があった。この間の昭和四五年三月の大阪万国博開催におけるポピュラー芸術部門を担当して、サミー・デイヴィスJr.、マレーネ・ディートリヒ、スヴャトスラフ・リヒテルなどを呼ぶ仕事などをしていた。万博の終幕とともに会社勤めを退き詩作に集中するようになり、『泉(ファンタン)という駅』を出版した。詩人の飯島耕一からの『パウロウの鶴』の自己模倣になっている、との批判があった。これはロマン主義志向の抒情的境地を交えていることを言っているのである。モダニズムの詩法を発展させていない、ということでもある。モダニズムとロマン主義の融合ということからは、むしろ『パウロウの鶴』の発展型なのである。東急エージェンシーに就職し、広告企画部長を務めていたことで、経済的余裕ができたことを反映して、『パウロウの鶴』『虎』ほどは、残忍性やサスペンス性は過激ではなくなった。『泉（ファンタン）という駅』がロマン主義志向である一例として、詩集の題名にもなっている詩「泉（ファンタン）という駅」から、「——もしもし、泉（ファンタン）という駅は／未（ま）だでしょうか——」の詩句を挙げておく。この詩句は、素朴な人間性への讃歌である。さらに、「遥かなるアルダン」では、詩句「最初の詩をかくために／だれか、氷帽の地へ／行けと言った」などはロマン主義的である。人間は自然の厳しさをのり超えていかなければならない。人間讃歌であるとともに、自然の厳しさを讃えた自然讃美でもある。

モダニズム志向の読者にはもの足りなさがあるが、ロマン主義志向の読者には愛読できる詩なのである。モダニズムとロマン主義の融合であることを認識していれば、さまざまな芸術的や哲学的な境地とともに、現代社会の不合理や非人間性を感得できるはずである。

第一次オイルショックからはじまった低成長期は、昭和四八年から昭和五三年頃までつづいたが、大気汚染や水質汚濁などの公害問題が深刻になった時代だ。この年代の詩集が『直感の抱擁』（昭和五一年）である。この詩集の「天皇陵幻想」では、学生らしき若者が天皇陵で呪術をかけているところからはじまり、万葉ゆかりの野での行軍へと場面は変わり、また天皇陵にもどり、さらに現代に時代が飛躍して万葉の野に転換する。一連の場面の転換から意味が立ち上がってくる。長谷川龍生は学生のとき、富田林町と堺市の中間エリアで、古墳発掘のアルバイトをしていて、その体験がベースにあるとのことだ。

『直感の抱擁』の「直感」は、西田幾多郎が『善の研究』で論断している「知的直観」に傾倒しての詩法といえよう。実在の認識は主観でも客観でもない主客未分によってなされるとして、これを「知的直観」と呼んでいる。長谷川龍生の「直感」は、「知的直観」にもとづいているはずである。「移動と転換」だけではなく、この「知的直観」も、長谷川龍生の詩法を下支えしている。

二―二　シュルドキュメンタリズム創出期

昭和五四（一九七九）年、イラン革命を契機に第二次オイルショックが起こり、社会の閉塞感はますます大きくなった。このオイルショックの一年前に刊行されたのが、『詩的生活』（昭和五三年）である。『知と愛と』（昭和六一年）もこの経済低迷期の詩集といえる。

長谷川龍生の詩においての長編詩とは、何行以上の場合をいうべきか。『詩的生活』の「霧の小字(こあざ)をすぎて」は七二行、『知と愛と』の「カルカッソンヌ霧駅」は六九行、同じ詩集の「ローマン・ヤコブソンのさびしいさびしい葬儀」は六六行である。そこで中編と長編の分かれ目は、六〇行ではもの足りないので、六八行とするのがリーゾナブルとした。六八行以上の詩を長編とすると、『詩的生活』から長編詩が増えている。飯島耕一は『詩的生活』から詩法は大きく変わったと論じている。

『詩的生活』にいたって、彼が過去の自作の模倣とはもう言えない、珍しい作品をいくつも書いているのを認めざるを得なかった。――略――

『詩的生活』にいたって彼の詩の文体は変わった。少なくとも前二集に較べて、軽快になった。

『詩的生活』から、主観を抑えて、第三者的なスタンスでの語り口になり、また、長編になっている詩が多くなった。事件・出来事の真実・真相を暴き出す「シュルドキュメンタリズム」という詩法をきり拓いたことにもよる。

『詩的生活』の「霧の小字をすぎて」では、「実朝」が出てくることから、歴史がからんできている。『知と愛と』の「ローマン・ヤコブソンのさびしいさびしい葬儀」では、歴史上の人物であるヤコブソンがテーマである。シュルドキュメンタリズムの詩法のはじまりといえる。シュルドキュメンタリズムでは、詩の中の主人公は、語り手の詩人とは別人である。このことにより、現実を第三者的なスタンスで見透かしていることになる。昭和五九年刊の『現場の映像入門』の「企画力」の章において、長谷川龍生はシュルドキュメンタリズムについて書いている。

現代詩の分野には、抒情詩が存在する。事物への情感を第一義的に盛りこんだ詩の表現の世界である。象徴形式をとって記号のつじつまを合わせる詩である。それを否定することは抒情の面からはできない。抒情詩を否定し克服する者は、叙事詩的な経路から出てくる。それはシュール・ドキュメンタリズムの方法を導き出すことにより明確になってくる。

シュール・ドキュメンタリズムの方法とは、証拠物件を提出して、その証拠物件にとらわれずにそれを虚構としてあくまでも取り扱い、はては捏造し、超えてゆくやり方である。

歴史上の事件・出来事や人物をテーマにした詩は、この方法で書かれている。「シュルドキュメンタリズム」の「ドキュメント」とは、「証拠物件」のこととしている。長谷川龍生は二〇歳代、放浪の旅をつづけた。旅中の詩作においてさまざまなイメージがわき出してきた、という。そのときの経験から、イメージと現実との接点が「ドキュメント」である、とエッセイ「自分の天職とは逆の方向に美をもとめて」に書いている。

私は乱出するイメージの中から、材料をセレクトすることを唯一の楽しみにしはじめた。もちろん、その材料は、現実とのかかわりあいの上で、のっぴきならない私の存在を中核点とした。ドキュメントという「証拠物件」が、私の発想の上にのしかかり、幻影といえども、現実との深い擦過点を求めた。

「証拠物件」とは、文字で書き残されたもの、歴史書や公文書・日記・記録などということになるが、「シュルドキュメンタリズム」の「証拠物件」は、ストーリーや場面や表白などを虚構することであり、それは事実を、ではなく、真相・真実を裏づける虚構なのである。

歴史は政権を掌握した側が、都合のよいように歴史を書き直していることが、往々にしてある。文字で書き残された事実に対して、詩人の洞察にもとづいて詩句からなるフィクションの事件・出来事を創り上げる。事実はカムフラージュされたものとして、事実をベースに「捏造」することになる。これは詩的な「捏造」であり、新しい証拠を見つけ出すこととイコールである。それは関連文献の調査と「直感」を積み上げて、創り出されている。このあたりは、長谷川龍生は綿密に調べていて、現地を訪れることもある。さらに「企画力」の章で、「あり得ないもののドラマ」を真実・真相として織り上げる、と書いている。

　あり得ないものを見るためには、あり得るものの追求からはじまる。しかも、ただ単に現在あるものをそのままのかたちで肯定するのではない。あり得るものが放つドラマを否定しながら、そこから発想して、あり得ないことの強烈さと比較する。そしてあり得べからざるものを伝えていく構想が何よりも大切である。

　現実の表層意識に満足せずに、表層意識のドラマ化を否定して見出したあり得ないもののドラマを、あり得るように仕立てていくことがないかぎり、現代では表現の名に値しないのである。

「あり得ないもの」とは、事件・出来事や行動や活動のあり得ない内容や展開である。それらについて、さまざまな〝アクション〟がくりひろげられることで、事実の下に埋もれていた真実・真相が、掘り起こされるのである。それが真であるかどうかは、読者の判断に委ねられている。『詩的生活』の「霧の小字（こあざ）をすぎて」は、突如、実朝暗殺の場面となり、残忍の行為が進行する。政権闘争の裏側といえる。『詩的生活』の「王貞治が6番を打つ日」も、〝世界の王〟が「6番を打つ」ことは、「あり得ない」のであるが、その日が来るとして、語り手の野球人の人生が進行している。「王貞治が6番を打つ」というありえないことと、語り手の野球人との対比から、ドラマなどなく過ぎてゆくのも人生であることを認識させられる。『知と愛と』の「カルカッソンヌ霧駅」では、底流には北フランスの諸侯を主体に結成された十字軍が、キリスト教のアルビジョア派が掌握している中世の城塞都市カルカッソンヌを攻撃したことで、戦乱となった歴史の痕跡をたどっている。

詩集の題名「知と愛と」は、西田幾多郎が『善の研究』で論じている〝知とは愛である〟との哲学にもとづいているはずだ。知と愛は同一の精神であるとしている。自己を滅却して無私になるほど真実を知ることになり、それは愛することにつながってゆくのである。

二―三　シュルドキュメンタリズムの亜流期

昭和五四年の第二次オイルショックからの経済低迷期に入った。この頃に刊行となった『バルバラの夏』（昭和五五年）『椎名町「ラルゴ」魔館に舞う』（昭和五七年）では、社会問題や歴史の新解釈といった重厚なテーマではなく、日常の出来事やさまざまな人間性、あるいは稀に遭遇する怪奇現象などをテーマにしている。

経済は徐々に上向き、昭和六一年から株式や土地が暴騰したバブル経済となり、平成元年に頂点に達してから崩壊をはじめた。このとき、『マドンナ・ブルーに席をあけて』（平成元年）が刊行された。バブル経済ただ中の頃に書かれた詩集である。詩風も深刻な社会問題に対峙するのではなく、アメリカとヨーロッパの風土・風俗・風習あるいは旅行中や生活の中での感懐などを扱っている。未知の人や土俗や霊魂といったテーマにシフトしたともいえる。

フィクションを駆使していることがシュルドキュメンタリズムであるが、この二つの詩集ではテーマや問題を掘り下げてゆくのではなく、ドラマ的な展開や感懐・感想の表白がくりひろげられている。シュルドキュメンタリズムとは、「あり得ないもののドラマを、あり得るように仕立てていく」ことで、表層の下に埋もれた真実・真相をあばくという方策なのである。この二つの詩集では、テーマが社会性や事件性に乏しいことから、シュルドキュメンタリズムの亜流と考える。そこでの亜流とは、まねをして劣っている、ということではなく、本格的ではないということである。さらに遊び的な妙趣もふくまれている。『バルバラの夏』の「一瞬のサルトル」で、次のような詩句がある。

明日は「無」だ
「無」だが　最期まで　創造する

西田哲学では自己の根源には、まったく形がないという意味の「絶対無」があり、「絶対無」の自在性からは創造が生み出されるとしている。この詩での「無」は、創造に結びつけられていることから、「絶対無」とイコールといえよう。詩はサルトルの部屋を訪れたというフィクションである。他方、長谷川龍生はサルトルの墓に詣でているので、部屋も訪れているのかもしれない。そこで実存主義とはつながりのない、「無」の哲学に行き着いたというのは、「直感」の詩学なのであろう。『バルバラの夏』では、日常において遭遇するかもしれない出来事や出会いのストーリーが多い。『椎名町「ラルゴ」魔館に舞う』では、西池袋の椎名町のアパート「ラルゴ」での生活体験の手記を詩編へと進展させている。人は稀に怪奇的な出来事に遭遇することがある。怪奇的な出来事や現象を、妄想とかたづけるのではなく、想像を加えてリアルな物語にしている。

『マドンナ・ブルーに席をあけて』については、バブル経済に国内は沸き立っていた時期である。それから逃避するかのように、アメリカとヨーロッパを旅したときの、現地の風土・風俗や民族的な人間性を、探索しているように描出している。表層的な景色や出来事から、人間の打算性や冷淡性を、暗示的または寓意的に表現したり、霊的な世界にリアリティをもたせたりしている。これも見えている現実をカモフラージュされたものとするシュルドキュメンタリズムなのだ。

二―四　シュルドキュメンタリズム完成期とポストモダニズム

昭和五五（一九八〇）年頃からは資本主義先進国では高度消費社会・情報化社会へと進展した。その潮流に突き倒されたように、平成三年にソビエト連邦が崩壊した。この社会の変化がポストモダンである。ポストモダンを哲学的に定義したのはフランスの哲学者・リオタールとされていて、「大きな物語の終り」の語句でその状況を解き明かしている。「大きな」は社会や世界を意味していて、人類全体にわたる理想を目ざすということで、直接的にはマルクス主義を指すとされている。革命などで理想を追求することは現実的ではなくなってしまったのである。ポストモダンの社会の実態や文化芸術の意義・様式を批判し、のり超えようとする方策がポストモダニズムである。現代詩におけるポストモダニズムは、モダニズムを最良の方策とはせずに、古典主義、ロマン主義、象徴主義、モダニズムなどを、欲望が優先した社会状況に対応した新しいスタイルに変容させることを目ざしていた。

ポストモダンがのしかかってきたように、バブル経済が昭和六一年からはじまった。平成元年一二月二九日、日経平均株価は三八九一五円の史上最高値をつけ、ここからバブル経済は崩壊にむかった。経済活動をふくめた人間の営みを見直さなくてはならない時節にきていたのだ。『泪が零(こぼ)れている時のあいだは』の刊行は、平成元年である。ほとんどが長編であり、それらは歴史上の事件・出来事や人物にまつわるエピソードを扱っていて、さらに歴史に名をとどめている人物の再評価なども推し進めている。関連した文献を綿密に調べ上げていて、詩集でありながら歴史書や地理書のような側面がある。歴史上の出来事・事件の断面を切りとりつつ、新しい事実を織り上げているのである。

「失われた一〇年」とも呼ばれたバブル経済の後遺症といえる長期不況は、平成四年頃から平成一四年頃までであった。平成一四年刊行の『立眠』が、この時代区分にあたる。詩法的には『泪が零れている時のあいだは』と同じで、シュルドキュメンタリズムに徹しているが、現代の世界情勢に係わった重厚なテーマ、北方民族、イスラム教、キリスト教、北朝鮮、ソビエト共産党などにとり組んでいる。長編詩が多いというより、序詩にあたる「賢慮、生きる流浪とは」以外は、すべて長編詩である。詩人の平林敏彦は、『立眠』の冒頭の二篇については、苦言を呈している。

しかし、詩集『立眠』の巻頭に置いた「賢慮、生きる流浪とは」はあまりにも観念的で彼らしくない。「二十一世紀を克服するために」などと注釈を付されると、おいおい大丈夫かよとシラケる。抹香臭いお説教はごめんだ。それに比べて「立眠」には龍生の顔が見え隠れするが、まだ面白くない。宗教や哲学が幅をきかせ、詩を押し潰している。(「現代詩手帖　第四五巻・第七号」)

西田幾多郎の哲学からは、西洋の哲学は形而上学的な世界は認識できないとする二元論にもとづく〝科学〟であり、東洋の哲学は現象界と形而上学的な世界を区別しない一元論にもとづく〝教え〟である、という。平林の苦言は、西洋の哲学のスタンスからはリーゾナブルなのである。ところが、東洋の哲学からは、冒頭の二篇は〝教え〟なのである。平林はこの二篇につづく詩については頂点を極めていると、讃辞をおくっている。

そうした風潮を見れば、七十四歳の龍生が出した詩集『立眠』には人間が生きるための根源的な力が溢れている。私は冒頭の二篇に疑義を表明したが、「戸をたたく歌」に続くすべての詩に言い知れぬ感動を覚えた。その多くは世界の歴史に関わるさまざまな時代の人物や事実、あるいは博物誌的知識や好奇心、旺盛な想像力を駆使して創

り上げたドラマとも言うべき独特な長詩で、恐らく寓意性や虚構を巧みに織り混ぜながら「人間の運命」を炙り出す。（前出）

歴史上の事件・出来事や人物の行動・挙動の断面を積み上げ、フィクションを仕立て上げ、そこに詩境を立ち上げるとともに、社会的や思想的やヒューマニズム的な意味を引き出している。

《参考文献》

長谷川龍生・他：詩の本　第2巻　詩の技法、一九六七

長谷川龍生、片桐ユズル：現代詩論　6、晶文社、一九七二

荒川洋治：詩とことば、岩波書店、二〇一二

長谷川龍生：続・長谷川龍生詩集、思潮社、一九九六

西田幾多郎／小坂国継・全注釈：善の研究、講談社、二〇〇六

山本賢・編：図書　第八六三号、二〇二〇、岩波書店

長谷川龍生：詩のおくりもの　2　青春の詩、筑摩書房、一九八一

長谷川龍生、粕三平・編：現場の映像入門、社会思想社、一九八四

小田康之・編：現代詩手帖　第四五巻・第七号、思潮社、二〇〇二

三　詩集の読解・解説

三―一『パウロウの鶴』

パウロウの鶴

剛よい羽毛をうち
飛翔力をはらい
いっせいに空間の霧を
たちきり、はねかえし
櫂のつばさをそろえて
数千羽という渉禽（しょうきん）の振動が
耳の奥にひびいてくる。
たんちょう類か、姉羽鶴こうのとりか
どちらとも見わけのつかない

奇妙なパウロウの羽ばたきが
夜の、静かな大脳の空に、
ひらめくとびの魚の
胸鰭の水さばきのように
皮膚の上から、連続的に
ひびき、わたってくる。

絶望の沼沢地から
いつのまにか翔び立ちはなれ
夜を賭けてか
夜明けにむかってか
パウロウの不思議な鶴が
百羽ぐらいずつ、一団をなして
エネルギッシュな移動を始めている。
緑色の嘴を斜め上方に
それぞれのウェイトを
それぞれ前方の鶴の尾端にのせ
力の均衡をとって

気流に滑走し
一線につらなって
翔んでいる。

先端を切っていく一羽
それは抵抗と疲労のかたまりだ。
だが、つぎつぎと
先立ちを交替していく
つぎつぎと先立ちが
順列よく最後尾につらなっていく
バランスを構築し
小さい半円を
一線の空間にえがいて
みごとに翔んでいる

見たことはないか
それは、いつでも反射弓の面で
タッチされ、誘導されている。

夜の大脳。Occipital　脳葉の海の上だ。
ニヒリズムを賭けてか
夜明けにむかってか
数千羽というパウロウの鶴が
百羽ぐらいずつ、一団をなして
挑みかかるように渡っていく。
百羽ぜんぶが嘴を上方にむけ
前の尾翼にウェイトをのせ
つらなり、もくもくとして
止むことがない。

第一連八行目「たんちょう類か、姉羽鶴こうのとりか」とあり、一〇行目で「奇妙なパウロウの羽ばたきが」とある。第一連と第二連では、数千羽の「パウロウの鶴」の飛翔が描写されている。次の行で「大脳の空に」とあり、物理的な空間ではないことを暗示している。実景をベースに、知的にデフォルメしているのである。この「奇妙なパウロウの羽ばたき」からは、霊的な力が見えてくる。

第二連一行目の「絶望の沼沢地から／いつのまにか翔び立ちはなれ」は、封建主義的な社会、あるいは貧富の格差のひろがる資本主義社会や強権的なスターリン主義社会から、

名古屋テレビ塔・20歳代後半

新天地への遁走である。鶴の動作は力学的に描写されている。

最後の連二行目の「それは」は、「パウロウの鶴」の飛翔ことである。同じ行に「反射弓」とあるが、反射は刺激に対して無意識的に（大脳皮質を介さない）反応することで、「反射弓」とは反射にかかわる中枢神経の中の経路のことである。

ということは、世の中の状況に応じて、反射的に飛翔しているのである。四行目の「夜の大脳。Occipital 脳葉の海」の「Occipital」は後頭部の、である。大脳は六つの葉という領域に区分され、後頭葉はその一つであり、目で見た情報をそのまま受け取る機能をもっている。労働運動も力で押すのではなく、知をはたらかせ、現状の改革や問題の打開に向かうべきと示唆しているのである。強権的なスターリン主義の否定でもある。次の行の「ニヒリズムに賭けてか」は、世俗的な野心はもたずということでもあり、その次の行の「夜明けにむかって」は、当時の理想である社会主義の実現である。

「パウロウの鶴」は、パウロとパブロフとが合体した存在なのである。パウロは新約聖書の著者で、キリスト教を世界宗教におし上げたとされている。パブロフは帝政ロシア・ソビエト連邦の生理学者で、一八四九年生まれ、一九〇四年にノーベル医学生理学賞を受賞している。条件反射の発見を通して大脳生理学の基礎を築いた。霊性のパウロと科学性のパプロフとが、入れ代わり飛翔することで、新しい時代をきり拓こうとしているのだ。弁証法的な進展も暗示している。

理想を目ざしていることからは、古典主義的なテーマを扱っている。労働者のみならず経営者もふくめた産業界のすべての人びとへの、応援歌にもなっている。経済発展をベースにしたヒューマニズム志向の社会を目ざして突き進む羽音が聞こえてきそうである。「パウロウの鶴」は詩人の理念の写像でもある。戦後期ならではの、とりわけ産業発展への祈りも感じられる。壁画として表象している感覚もある。

実存のかけ橋

だれにもわからない、ある日
だれでもが知っている、ある街かどで
からっぽの霊柩車がとまっていた。
雄牛が二頭、重い荷車をひっぱって
ゆっくりと傍をとおっていった。
その瞬間、青い帽子、青い冬外套の男と
黄色い帽子、黄色いトレンチコートの男が

せまい間隔にはさまれてしまった。
二人の秘密党員が、間隔のかげで
なにげなくぶっつかりあった。
ぶっつかりあい、すれちがいながら
右手が動いて、タッチを待っている左手へ
レポートが、わたされていった。
霊柩車を、雄牛の荷車がはなれていったとき、
そこには、だれもいなかった。

街かどには、だれもいなかったが
つぎの瞬間に通行人がとおりはじめ
通行人にまじって、二人の監視党員が
眼球を裏がえしにして立ちあらわれた。
なにげなく、すれちがいながら
焼付の終った眼球に白い膜をおろし
それぞれ消えていった人間のあとを
舗道の上にかぎつけ、尾けていった。
ところが、背後の空間の何処かで、

大きな眼球がぶら下っていたのだ。
デパートの屋上で、だれかが望遠レンズで
さっきの一瞬をとらえていた。

だれにもわからない、ある日
だれでもが知っている、ある街かどで
からっぽの霊柩車がとまっていた。
雄牛が二頭、重い荷車をひっぱって
ゆっくりと傍をとおっていった。
その瞬間、青い冬外套の男、ひとりだけが
せまい間隔にはさまれてしまった。
黄色いトレンチコートの男が連絡して来ていない
あわてながら間隔のかげを、後ずさりしようとしたら
ふうわりと霊柩車の扉がひらいて
つよい吸引力でひきずりこまれた。
暗い柩の中で、かすかに扉の閉まる音がした。
雄牛の荷車と、霊柩車が逆の方向にはなれていったとき
そこには、レポートが落ちていた。

街かどには
だれもいなかったが
つぎの瞬間に
すばやくレポをひろいあげた。
通行人のあいだを泳ぎながら、
同志点検悪幹部会議の種子のかけらが
封をやぶって、太陽の匂の下にこぼれるとおもったら
たった一枚の、白紙の委任状が
舞いおちただけだ。

時代としては第二次世界大戦の前であろうか。三行目の「霊柩車」と、次の行の二頭の「雄牛」に引かれた「荷車」は、不気味な雰囲気である。その間で共産党員と思われる二人が、秘密情報の受け渡しをしていた。第二連四行目の「眼球を裏がえしにして」は、内偵者の特別な眼つきをいっている。最終連の後ろから四行目の「同志点検悪幹部会議の種子」は、内偵者である監視党員である。見張っていた監視党員が拾ったレポートは、「白紙の委任状」であった。トリックだったのだ。何気ない風景に裏にも、政治的な活動が暗躍していた。

瞠視慾（どうし）

終着の駅まで
停車なしの急行車に
キャンプ売春婦が、ふたり
跳びのってきた。

終着まで、見つめていようと
呼吸をころし、目を光らしていたら
白い便器の中に首をねじこんでいて
ぶきみに拡がっている排泄孔を
熱病者のように、またたきもせず
見つめているような気がした。
欲望はたかまってくる。
胸は、張り裂けるようだ。

ひとつ目の駅が
疾風（はやて）のように過ぎ去ったとき

女が、もうひとりの女に、
腹痛と、排泄とを、訴えだした。
訴えられた女は乗客に気をくばり
素知らぬ表情で、つめたくはねつけた。
青ざめた女は、全身をかたく締めつけ
毛皮外套に、両手を
突っこんだまま、面を伏せた。

ふたつ目の駅が
さっと、女を通過した。
描き足してある目をつぶり
赤い唇をゆがめ、肩をふるわし
下痢の状態を喰い止めていた。
大腸の中の汚物が音を立てて膨らんだ。
排泄と、忍耐との二つの憎しみが
ラッシュアワーの中で
格闘している。

もう、耐らない
女が絶え入るように叫んだ。
いくつかの駅が通過したが
終着駅はいまだ来ない。
俺は、その場で、シャワーをひねるようにやってしまえと想った。
だが、女は歯をくいしばり
あらゆる神経を集めて
出口を防いだ。

もう、外部の物は見えない
すでに、急行車はレールの上を離れ
空間に、ふうわりと揺れていた。
断続的にけいれんがやってきて
夢のような失神に入った。

だらりと、だらしなく
オルガスムスになっている女の肉体に
ぎらぎらした嫉妬がわいてきた。

胸をかきむりし、ひきちぎり
殺意がおこってきた。

「瞠視」は目をみはって見ることである。「終着の駅まで／停車なしの急行車に／キャンプ売春婦」が、二人乗車してきたところからはじまる。その一人が下痢をもよおしている。労働者らしき男が、それを見ていた。苦悶のオルガニズムと、それに対して、苦痛を傍観している他者の快感という負の人間性をドラマチックに描出している。後ろから二連目の最終行「失神に入った」とあり、見ていた男は嫉妬するにいたった。興味本位の眼差しが、オルガニズムへの興味から嫉妬へと変転している。フィクションならではのことといえるが、人間性の不可解さをいい当てている。

夜の甘藍（キャベツ）

だれもいない
がらんとした
夜の野菜市場の
ぶあついコンクリートの上に

冬甘藍の山が、七つ八つ
盛りあげられたままにある。

まっ青な光を放ち
見あげる通り柱の
たかい天井のすみずみに
映りかがやいている。

いま、ひとりの仲買人が
ジャンバーの襟を立てて
市場の中へ、影法師のように
さっと、入ってきた。
すると、甘藍の山肌を這っていた
時節はずれの二匹の青虫が
はたと、死んだように
動かなくなった。

外はまっくらだ

朝まで吹くつめたい風が
細いつららのあいだを
とおりぬけていく。

昼間の競りで賑わっている市場の情景は、テレビの映像なので見馴れている。しかし夜は別の相貌となることを、詩は描出している。不気味な情景は、社会あるいは風物の裏側では普通の風景なのかもしれない。

逃げる真実

アメリカ帝国主義戦争に参加せる国連軍兵士たちにおくる。

まっしぐら、逃げる
命をかけて、逃げる
うしろの丘陵の中ほどから
共産ゲリラの機関銃が
火をふきあげ、砂煙をとばして
逃げる者どもに浴びせている

だが、まっしぐらに逃げる
丘陵をかけ下り、草むらをぬけ
えんえんつづく朝鮮畠の畦を逃げる
転がっても、止まっても、伏せても
みるみる狙う火の箭が集中し
後頭、背後、尻から脚にかけ
蜂の巣になって、あわれにも最期だ。
だが、とにかく、逃げまくる
まっしぐら、命からがら
ここをせんどと、逃げのびる
いまは、真昼の少うし前だった。
F－80 戦闘機のロケット大空爆と
地上からの援護の、戦車砲、速射砲、迫撃砲と
丘陵めがけて、割れ砕け散るばかりに
撃ちまくり、撃ちのめし
橋頭堡を奪わんと前に突っこんでいったが
とつぜん山の到るところから
数百の火の箭が反撃の沈黙をやぶった

転がっても、止まっても、伏せても
その場で、蜂の巣になって最期だ。
その場で、右も左もぶっ倒されていく
逃げる、逃げるしかない、もう何もない
逃げる　逃げる、まっしぐらだ。
銃を放り、弾帯をうちなげ
胸にぶら下げた小型無線機も
もう影もかたちもない
のめって走る体を　両手をひろげて、たたき掻き
命そのものになって逃げのびる
命そのもの、命のかたまりだ。
かたまる命の、おまえたちの顔は戦火の中でなまなましい
血を失った色から　油ぎった内臓の光が輝き出している。
攻撃とは変って、生き生きとはずんでいる。
攻める時は、死の大隊だが
逃げる時は、生き生きとした男たちだ。
このまま、逃げのび　逃げおちて
後方の陣営にたどりつき

次の指揮命令に鞭うたれ
ふたたび死の小隊につなぎ加えられるまで
おまえたちは生き生きと逃げている
逃げているあいだは真人間に近いのだ
だから逃げる。撃たれて敗走するときは
真人間のかたまりだ。
いま、おまえたちは、逃げる
命からがら逃げまくる。
どこの生れか　混血か知らないが
始めて生の歓喜のほとばしる純粋感覚に
なにもかも忘れている逃げっぷりだ。
逃げているおまえのうしろの
命からがらの黒人兵の顔など
白い歯をぎいっと剝きだして
ジャングルから飛び出してくる
童顔の日そのものだ。

逃げているときは人間となり、攻撃するときは野獣と化す。人間性のイロニーである。

日本脱出

もし、脱出すれば
どこを指して、いくか
まっすぐトルコのアナトリアだ。
哄笑の渦をまきちらし
森林にこだまする喚声をあげ
怒る巨大な脚の力にまかせ
王宮の統治地に火を放ったり
すぎた偉大なる幻想の
駱駝やモヘヤ山羊を追う
あらあらしい人間の場所に、いく。
アナトリア山嶽ステップには
周囲から断絶されえない野放しの情熱がある。
たえず移住するステップの冬に
トルコの国籍に抵抗しつづけている。

スペイン、日本、フィリッピンの辺陬(へんすう)にも
一里塚のように暗い近代の
小アナトリアがあるのだ。
若い男の魅惑の光といえば
官途就職をけりちらし
太陽を射る世界におのずから
体を投げうつばかりだ。

三行目に出てくる「アナトリア」は、現在のトルコがある半島の名であるが、本来は小アジアを指す地域名であった。ここから発祥した古代文明は、一九世紀のオスマントルコの時代まではヨーロッパ文明を圧倒していた。そのアナトリアへと脱出したいという。西洋文化から抜け出すための、アジア文化文明がかつて躍動した地への逃亡である。一一行目の「ステップ」は、温帯内陸の乾燥草原のことである。雄大な自然への憧憬でもある。

冬の旅

数名の警官がきた。

仲間がぶっ倒れるように
前へ、前の車へと逃げのびる
窓をこじあけて
暗い外に、米を抛げうった。
ここはアナトリアの農よりさらに貧しい常盤の湿田
大洪水の去った夜の荒地だ。
冬の蛾の死の舞踏(ダンスマカブル)が
慌てて閉めた窓に
写っている。

*

また、夢を見た
常盤線ならぬ
アナトリア西部線は混んでいる。
ジャルベキル終着、23時47分
トルコの一兵士が乗っている。
ぶつぶつと青い顔に出物のある女の首を抱き

まっしろい麵麭、榛の実、タラバ蟹、乾燥果実を食べている
女は腕にまかれながら
右手の暖いココアを置いて
左手でバフラ煙草に火を付けた。
のめるような疲労をおさえ
東の境界をこえて、わたしは
イランの就職と死を想っていた。
やがて、夢の中核に
高原の夜の湖の
巨きい碧霧（へきむ）の輪が
流れてくるのだ。

*

冬の旅はつづく
いつまでもつづく
びょうびょうと吹く氷雪の嵐をついて
否定の旅はつづく

『パウロウの鶴』

冒頭に「数名の警官がきた」とあるが、困窮した生活圏を列車が走っているのである。そこには、犯罪がうごめいているが、生きてゆくためでもある。六行目の「アナトリア」はトルコのことであるが、ここではトルコの辺境地域を指している。同じ行の「常盤」は、永久に変わらないということである。第二連の後ろから五行目の「イランの就職と死」とは、兵士と一緒にいる女が、イランで就職先が見つからなければ、死を覚悟しなくてはならないということだ。官能と陰湿にあふれた車内、その日暮らしを楽しんでいる。そんな情景を目にしながら、生産的な営為を求めて旅をつづけるのだ。最終行の「否定の旅」は、逃避であるとともに、ネガティブな現実を見聞する旅であるが、それは自然の幻想的な景観により浄化されてゆく。

《参考文献》

長谷川龍生：パウロウの鶴、ユリイカ、一九五七
長谷川龍生：現代詩文庫　長谷川龍生詩集、思潮社、一九六九

三―二『虎』

二つの抜け穴

ふたりの、火葬場人夫が
ひとけのないかまばの裏部屋で、
囲碁をうちあっていた。
『追いつめられても、しちょうですな』
右上隅の黒い布石が
あきらめるようにいった。
『小をすてて大きな獲ものといくか』
左下隅に白い打石が、すかさず
大桂馬にとびうつった。

夜がくると、いつもの影法師が
ひとけのないかまばの裏部屋に
しずかに、しのびこんできていた。

秘密になっている扉口から
柾目の死棺がひきずり出され
よわい懐中電灯の光の下で
バールが喰いこむと、蓋がめくられた。
ばさーっと白い乱菊の大束が
つめたいコンクリートの上に散った。
棺の底に横たわった若い女の死体が
上目づかいに、凝った犯行を見ていたが
数冊の書籍がもち出され
数組のコケシ人形がとり出され
にぶく光っている真珠のイヤリング
金の腕環が、とりはずされた。
羊皮をはがすように、死出の晴着の
モヘヤのシューバも、脱がされてしまった。
懐中電灯の光は、しだいに
弱くなり、ぼんやりとしてきた。
棺の隅の方に、ころがっている二つ三つの
青いリンゴを最後に照らしだすと

ふっと、かき消えた。

ふたりの火葬場人夫が
ひとけのないかまばの裏部屋で
青いリンゴを、かじりながら
囲碁をうちあっていた。
『とうとう、コウ争いになったな
ところで、おめえ　二十年前の
おもしろい一件を知っているかい』
左上隅の白い布石が
おもいだすようにいった。
『燃えている一つのお棺に　二つの仏が坐っていたな、
美しい女だったが、ぎょっと息がつまったよ』
右下隅に黒い打石が、すかさず
コウ破りの、とどめにとんだ。

夜がくると、何処からか、
二人の青年コミュニストが現われて

ひとけのない道をあるいていった。
だれも知らない、ある時間に
だれも知らない、ある場所で
もうひとりのコミュニストが待っていた。
だれも知らない、ある時刻に
だれも知らない、ある目的にむかって。
三人の吐く息のなかに、かすかに
アルコールの匂いがただよっていた。
三人のうち、だれかが酒をのんでいた。
そのときだ。三人のちかくで
どかん！　と、何ものかが爆発したのは。
三人は爆発物にむかって走っていった。
一軒の巡査派出所が眼前にふっとんでいたのだ。
煙にあふられて、だれかがアッーといった。
何処からか、多くの人間たちが馳けつけ
最初の発見者たちを幾重にもとりかこんだ。
三人のコミュニストたちは
いつしか二人の青年だけになっていた。

かすかなアルコールの匂も
消えてなくなっていた。

刑事部長と、捜査主任のふたりが
ひとけのない柔道場のたたみの上で
囲碁をうちあっていた。
『この目をつぶすには、こっちから押すか』
右上隅の黒い布石が
おもおもしくのしかかってきた。
『小をすてて、大きな獲ものといくか』
右下隅に白い打石が、すかさず
大桂馬にとびうつった。

第一連では火葬場人夫が囲碁をうっている。四行目の「しちょう」は、相手の石を斜めに追い詰める定石にひとつである。第二連では影法師が裏部屋にしのびこんきてで、柩の蓋を開けて女の遺体から宝石などを盗んでから、消え去る。第三連五行目の「コウ」は、お互いが交互に相手の石を取り、無限につづいてしまう形、のことである。
第四連では三人のコミュニストが歩いているとき、巡査派出所が爆発する。コミュニストの一人が消えて居なくなる。菅生事件をモデルにしているが、それは昭和二七年に大分県直入郡菅生村（現在の竹田市菅生）で起こった。警察が自作自演で駐在所爆破して、日本共産党の弾圧を謀ったのだ。五人の青年が一審で有罪判決となったが、控訴中に戸高公徳という巡査部長が出廷してきたことで警察のおとり捜査であったことが判明する。戸高は事件後、行方をくらませていたが共同通信社の記者たちによって探し出されていた。この巡査部長は〝おとり捜査〟として共産党に入党しており、事件当日、同じ党員である五人をそそのかして菅生駐在所に向かわせていたことが裁判で明らかになった。

第一連から第三連までは、第四連をもち出すためのプレリュードである。最終連では囲碁をうっている場面に戻るが、そこでの二人は刑事部長と捜査主任になっていた。最後から三行目で刑事部長が、『小をすてて、大きな獲物といくか』と心中で呟くが、身内を犠牲にして、大きな組織を突き崩すということだ。反体制組織と警察との闘争は、策謀にまで進行した。火葬場の裏部屋での囲碁は、そのアレゴリーなのである。題名「二つの抜け穴」は、囲碁と駐在所爆破事件での策謀のことである。

恐山(おそれざん)

恐山は青森県下北半島にそびえている火山。巫女市は毎年七月の地蔵講の日に山頂の円通寺境内でひらかれる。

きみの、うしろ側に
ぼんやりした一つの顔が
密告者のように、のぞいたり
かくれたりしている。
きみの輪郭とよく似ているが
どこか、ちがった影がある。
臆病で、うたぐりぶかく
たえず、きみを警戒している一匹の鷲(わし)。
そいつは、ながいあいだ
きみを探しまわっていた他人の顔だ。
きみの、うしろ側の
群集の森の中から
その他人の緊張している顔が
見えている。

他人は、他人の死を飾るため
きみより、一瞬はやく
弦をひきしぼり、矢をはなつ。
他人は、きみの血を凍らすため
ぼくより、一瞬はやく
弾丸をこめ、ものかげでねらう。
きみは、きみ自身のため
他人より、一瞬はやく
武装をとき、静かに策をねるが
そこから敗北のルートが
いつしか、はじまっている。
暑い日ざかりに、さむい黄昏(たそがれ)どきに
きみは、しゃべりながら
抗議をつづけるだろう。
きみは、抗議をつづけながら
おくれをとっている他人を
きみの獲ものとして

ほら穴の中につきおとしていく。
だが、きみも、ほら穴にひきずりこまれる。
そこには無言の褥(しとね)があるだけだ。
他人は、他人の空席をつくるのが
ただひとつの残された
勝利へのルート。

○2

きみも、他人も、恐山(おそれざん)！
人っ子ひとりいない
山の上にひろがる火山灰地。
真冬の夜の、おちくぼんだ空に
かすかに散るつめたいしだれ花火。
かよわい渡鳥類が
その山巓(さんてん)にまで
やっと、たどりつき
息たえだえに落下する灰ばんだ湖水。
きみが、英雄であろうとも

他人が、書記長であろうとも
きみも、他人も、恐山(おそれざん)!
癩(らい)のように、朽ちはて
ただれ、ふやけた脚をさすり
風てんになった頭脳に光をとぼし
　ああ―　ああ―　ああ―　ああ―
　うう―　うう―　うう―　うう―

死人のうめき声が
こがらしに舞いむせび
ひからびた赤ン坊のあばら骨に
火山灰が、しんしんと
降りつもっている。
どすぐろく変色し、しわのふかい
更年期おんなの、くちびるが
だらりと、ゆがみ、たるんで
意味不明の祭文(さいもん)が、きみと、他人の耳に
ひびいてくるだろう。

――われは　くさった　この世の貝よ
われは　血うみの　くされ貝よ
われの　殺した　人のかず
われの　姦した　色呆け男よ
うらみ　うらまれ　色呆けのみち
のろい　のろわれ　人のみち
地獄のぬまぞこに　おぼれいく――

ああ―　ああ―　ああ―　ああ―
うう―　うう―　うう―　うう―

きみも、他人も、恐山（おそれざん）！
悲しみも、こごえる、人の世の断崖。
霧のたちこめる怨霊（おんりょう）の空のはて。
さまよう個人主義者の自殺する空井戸（からいど）。
きみの、その、覆面の下の白い顔。
きみの、その、仮面の裏の汚れた顔。
きみの覆面、きみの仮面を
はぎとり、殺していく

他人の覆面、他人の仮面。
きみも、他人も、恐山(おそれざん)!
きみも、他人ものぼっていく。

○3

きみは時間をはかっている。
きみの時計はおくれている。
きみは、きみを証明するまえに
きみよりも、一瞬はやく
他人の影が、きみにかさなる。
きみは、きみを前衛の旗とするまえに
きみよりも、一瞬はやく
古い前衛が、きみの旗をまいていく。

きみは　きみ自身のため
他人より、一瞬はやく
孤立し、孤独の壁をつくるが
そこから敗北のルートが

いつしか、はじまっている。
きみは　沈黙しながら抗議する
きみは、抗議しながら
同志をうらぎり
きみ自身が、他人になっていく。
他人は、他人の空席をつくるのが
ただひとつの残された
勝利へのルート。

○4

扉をしめきって
掃除夫がひとり立っている。
入口のところで
室内を見わたしている。
いつか、ここで、秘密会議があった。
そのあと、だれも
この室内を掃除していない。
ほこりをかぶった大きな卓子（テーブル）

おもいおもいの方角をむいた肱掛イス。
最終の結論がでたときのままで
うっすらと、よごれている。
そうだ、ここで、秘密会議があった。
A、B、C、Dの肱掛イスが
Eの肱掛イスを、とりかこむように
攻撃したままで、のこっている。
Eのイスは、それを迎撃し
たしかに少しずつ後ずさりしている。
Fに、かすかに応援の手をもとめている。
後ずさりしながら、視線で
Eのイスの、ななめに向いあった席が
Fのこわれた肱掛イスだ。
Fのイスは、どうしたわけか、こわれている。
EのイスとFのイスとの関係が
そこで、すっかり断ち切られているのだ。
それを、つぶさに、観察できる席に
Gの肱掛イスがのりだしている。

Ｇの肱掛イスのとなりのＨのイスが
Ｇにサインを送っている。
卓子（テーブル）のほこりの下に
Ｈの指紋のついた伝令が、
脂肪をふくんで、のこっている。
ＧとＨは、たしかに観察者なんだ。
他に、ＩとＪの肱掛イスが
無意味に、ぽつんとのこっている。
秘密会議の渦の外がわで
ＩとＪはただの傍観者にすぎないのだ。
かれらは卓子（テーブル）の下には
鼻くそと、鼻毛と、落がきが
時間の経緯を示すように
落ちている。
議長席Ｋの肱掛イスは不動のままだ
副議長席Ｌの肱掛イスが
こころもち、Ｋの方向に向いている。
議長Ｋの卓子（テーブル）のまえには、

おびただしい、吸がらの山だ、
かれは、話をあまりよく聞いていない。
ただ、最初から
無意識に落がきをしている。
その紙片が床に落ちている。
その紙片には、「狼」の顔がかいてある。
ぱっくりと、口をあけて
牙をむきだした「狼」の顔が。

扉をしめきって
掃除夫がひとり立っている。
会議室を掃除するまえに
掃除夫が肱掛イスのことばを聞いていた。

○5

きみも、他人も、恐山(おそれざん)！
白い人骨の風化してゆく砂漠
賽(さい)の河原の小石が、足のうらがわで

こまかく踏みつぶされていく自然淘汰
どうしようもない老人が
その山頂にまでのぼりつめ
他界をしのぶ、きままな冥福。
きみが、指導者であろうとも
他人が、殺人犯であろうとも
きみも、他人も、恐山（おそれざん）！
術数におぼれ、権力をたよりに
風てんになった頭脳に光をとぼし
きみも、他人も、さまよってあるく、
　　極楽ヶ浜―　極楽ヶ浜―　極楽ヶ浜―
　賽の河原に石ひとつ―　石ひとつ―
消された男が、頭で、杭（くい）を打ち
ひふをきりさいて、杭にまきつけ
はげしい流れに、さからっている。
目のつぶれた、耳のとおい
更年期おんなの、神うつりが
泣きじゃくり、しゃくりあげ

行方不明の暗記力が、きみと、他人の心に
しのびこんでくるだろう。

——仏は　男だべ　女だべ
仏は　政治家だべ　学者だべ
仏の　殺した　人のかず
仏の　姦した　色呆け女よ
にくみ　にくまれ　色呆けのみち
殺し　殺され　人のみち
　地獄のぬまに　おぼれいく——
極楽ヶ浜—　極楽ヶ浜—　極楽ヶ浜
賽の河原に石ひとつ—　石ひとつ—
きみも、他人も、恐山（おそれざん）！
くやしさも、流される、人の世の流布（るふ）。
闇が馳けよってくる怨霊の地のすえ。
さまよう個人主義者が暗殺される吊天井。
きみの、その偽善の下の悪徳の手。
きみの、そのマルクスの裏の非マルクス。

きみの偽善、きみの偽悪を
はぎとり、殺していく
他人の偽善、他人の偽悪。
きみも、他人も、恐山（おそれざん）！
きみも、他人も、さまよいあるく。

○6

深夜にデンワが鳴っている。
暗い室内で、すばやく
ひとりの男の手が、受話器をとった。
　ウム、ウム、ウム、ウム、ウム、ウム、
五秒、七秒、十二秒、十六秒、二十二秒、……
　GO！
となりの室内で五人ぐらいの
足音が、外に消えていった。
すべるような自動車のひびきが
地の下に吸いこまれていった。

あけがたにデンワが鳴っている。
ベッドの中から、すばやく
ひとりの女の手が、受話器をとった。
　イエース。イエース。イエース。
三秒、五秒、九秒、十三秒、十七秒、……
　ＹＯＵ！
女の口が男の耳にささやいている。
となりの室内に、足音がかえってきた。
だれかが小さいアクビを一つした。
そして、その夜まで
何ひとつきこえてこなかった。

深夜にデンワが鳴っている。
暗い室内で、すばやく
ひとりの男の手が、受話器をとった。
　ウム、ウム、ウム、ウム、ウム、
五秒、七秒、十二秒、十六秒、二十一秒、……
　ＣＯＭＥ　ＩＮ！

となりの室内から、五人の影が
入ってきて、壁にならんで立っていた。
海外へのパスポートが
いちまい、いちまい渡されていった。

あけがたデンワは鳴らなかった。
となりの室内で
シャワーを浴びる音がした
トランクから搬びだす音がした
ひげを剃りながらうたう鼻歌がきこえてきた。
だれかが、こっそり
だれかに、耳うちした。
「まったく、便利な国だね。
列車が転ぷくすれば
大衆は、ほとんど、共産党のテロだと
思うんだから、全くうまくできている」

ある日ホテルのロビーで

ひとりの男の手が
テレビのスイッチをひねった。
画面には列車転ぷく容疑者が
無罪になって泪をながしていた。
男は、それを見てニッコリ笑った。
それで、いいのだ。
これで、なにもかもいいのだ。
プラス、マイナス、ゼロだ！
相手が、敗北のあとで勝利すれば
ひとびとは、本当の勝利者を
わすれてくれる——

○7

他人は、他人の生を保つため
きみより、一瞬はやく
刃物をうち、きみの影を切る。
他人は、きみが怖ろしいため
ぼくより、一瞬はやく

ダイナマイトを仕掛け、ときを待つ。

きみは、きみ自身のため
他人より、一瞬はやく
ひとりで、それに立ち向かうが
そこから敗北のルートが
いつしか、はじまっている。
きみは、ひとりで、反抗する。
きみひとりが、石仏のように立ちつくす。
だが、いつかは倒れていく
ひっそりと消され、忘れられていく。

他人は、他人の空席をつくるが
ただひとつ残された
勝利へのルート。

この詩は○によって区切られている。その区切り内に連はあるが、それを連としないで、○により区切られた範囲を連とする。○のうしろに、原詩にはない第何連かを示す番号を付けてある。

冒頭は「きみの」ではじまるが、「きみ」は一般論としての「きみ」である。「きみ」は何者かに監視されているという。そのようなことは、日常生活や身内にはないに等しいが、組織や集団のなかではありそうだ。八行目の「たえず、きみを警戒している一匹の鷲」とは、組織の体制側のスパイのことである。そこから二行目の「他人の顔」とは、面識のない見知らぬ人ということだ。この連の後ろから三行目「他人の空席をつくる」とは、組織や集団から個人を抹殺することだ。この連の後半は、相手の裏をかいた者が生き残れる、といっている。正攻法で勝ち残れる者もいるが、それは少数派ということである。

第二連は「きみも、他人も、恐山！」ではじまる。この詩句のリフレーンは、最後の方までつづく。「恐山」は下北半島中央部にある霊場で、火山湖の宇曽利山湖と外輪山からなる一帯のことである。ここでは、死者の声を聞くことができるという。このリフレーンは、社会には裏でのかけ引きや陰謀があることを心得ながら生き抜いていかなければならないというだけでなく、社会というより世の中は茫漠とした競争の場であるとの警鐘である。さまざまな組織や集団あるいは国や民族や宗教が対峙しているということは、世界は火山礫で覆われた「恐山」さながらに殺伐とした場所なのだ。一一行目に「書記長」とあるが、プロレタリア系の政党あるいは労働組合の「書記長」ということになる。一六行目の「ああ―　…／うう―　…」は、一八行目にある「死者のうめき声」であるが、音声的に「恐山」をイメージ化している。二六行目の「祭文」は、祭りにおいて、神にささげる祝詞である。この連は、加害者と被害者についての末路のアレゴリーとなっている。最終行の「きみも、他人ものぼってゆく」は、「恐山」に「のぼっていく」というイロニーである。

第三連は「きみは時間をはかっている」ではじまっているが、実績を上げなくてはということだ。三行目の「きみは、きみを証明する」とは、自分の能力を明らかにすることである。後ろから四行目の「きみ自身が、他人になっていく」とは、陰謀家になっていくということだ。第四連の五行目の「秘密会議」は、日本共産党内にあったとされている査問委員会をなぞっている。そこでは、党の方針に反対の意見や党の内情へのスパイ行為への、嫌疑に対しては拷問もあったという。マルクス主義という理想のためには、反対派の非合法的な抹殺も許されてきたという歴史がある。組織や集団のなかでの活動や組織間の争いには陰謀がついて回ることが、「恐山」なのである。九行目の「肘掛イス」は、組織の役員クラスの会議であることを暗示している。一二行目の「こわれている」は、「イス」が揺すられたかの暴力行為を伝えている。後ろから七行目の『狼』は、激論を交わしている出席者のことである。

第五連二四行目から出てくる「仏」は、偽善者の暗喩であろう。後ろから五行目の「偽悪」は、悪人をよそおって、本当は善人であるかのように見せることである。

第六連は、列車転ぷく事件の推移が語られている。後ろから三行目「相手が、敗北のあとで勝利すれば」は、犯人はうやもやになる、ということだ。最終連である第七連は、第一連の反復のような内容である。世の中はこれほど陰謀にあふれているとはいえないが、場合によっては陰謀がめぐらされることを忘れてはならない。最後から六行目の「石仏のように立ちつくす」は、個人が政党や企業における組織の論理などに反抗することである。「きみも、他人も、恐山！」のリフレーンによって、フィクションにもかかわらず、社会あるいは世の中には裏側があることや性悪説の人間性を、暴露するかのように突きつけてくる。

虎

R・バルマ博士に

解説・一九五八年九月二三日・ぼくは仕事のあとの昼睡から目が覚めた。体じゅうから異常な悪臭がたちのぼっていた。前日から飯類（ライス）のかわりに、鍋いっぱいに煮つめてある蛤ばかりを食べていたせいかもしれない。この蛤は、ぼくが教えている文学学校研究科生徒の坂田明子さんが、わざわざ千葉から持ってきてくれたものであるが、余りに量が多かったので主食にしたのである。しかし、とにかく甚だ体の毛穴じゅうから悪臭がたちのぼっているので、代々木病院の御庄博実（みしょうひろみ）に診察してもらおうと思った。丁度、ぼくの家内が代々木病院の十四号室に入院しているので、見舞いかたがたおこずかいも持っていってやらねばならない。そこで、家を出て、一路永福町の駅に向かった。その途中、とつぜん、ぼくはぼくを忘れてしまったのである。もちろん正常な意識を喪失してしまったことはいうまでもない。よくよく記憶の糸をしぼっていってみると、一匹の大きいグレートデン種のような犬が、金あみ越しに猛烈にほえたてており、その後方で、うすぼんやりした邸宅の女のひとが、それを制していたのを覚えているが、あとが判らない。何処をどうしてほっつき歩いたのか、何を喰って、何の行為をし、何処で宿泊したのかまったく判らない。

九月二六日の午ごろ・東京羽田空港の公安室でぼくは保護されていた。ホノルル経由サンフランシスコ行の旅客機に国電のチケットを見せて乗ろうとしたらしいのである。そこを連行されたあとで空港保安官の語るところによれば、服装が新しいに拘らず泥でよごれて余りひどいので、朝からずっと注意監視されていた。その上、十分間ごとにトイレットへ通い、待合用のソファーで、さかんに筆記したり、エア・フランスの案内受付へいって奇怪な外国語で何か訊問をつづけ、其処の人を大いに困らせていたとのことである。

その午後、やや正常な意識にもどり、絶対的な恥しさがこみあげてきたが、新聞記者がくるかもしれぬとおどかされて早々に謝礼をのべ空港から全く歯が抜けたような気もちで代々木病院にいった。果たして十四号病室では、ぼくがさっぱり現われないので大いに心配してくれていた。とくにラジオ東京のプロジュウサーも血眼になって行方不明のぼくを探していたのである。家内は、「また、病気ね」と一言いっただけである。ぼくはすぐに御庄のところへいってちょっと精神が故障しているようだから見てくれないかと言うと、彼は、自分で名のりをあげてくる精神障害者は大したことはないぜといった。ぼくは、ああ、そうか、と言って疲労回復の葡萄糖注射一本うってもらい家へ帰った。
以前、ぼくは大阪で、茸ばかり喰って、茸中毒をおこし、一本のまっくろい茸そのものになってしまい、長期の失語症になった経験がある。こんどは蛤中毒で三日間夢遊病者になってしまった、次頁の詩みたいなものは、その三日間に走りがきされたものである。訳のわからない字が多く、清書するのにずい分と時間がかかった。こういうものは恥ずかしいもので極秘にしておくべきものであるが、精神力消耗のプロセスが、その緊張度によって割合好く判るので諸兄の参考のために発表するものとする。R・バルマ・ドクタアのことは誰のことかよく判らない。虎は寅の字でかかれてあった。尚、三日間のうちの宿泊したところが図解で解説されている。しかし、これは本ものの地図を参照しても発見されなかった。

1
泪もろい
ああ、泪もろい
はらはらと泪がこぼれる。
路をあるいている時
電車にのっている時

ひとり、ベンチにねそべっている時。

おれは、恐怖王
ああ、どうして、
単純、残忍、無償殺人者、
夜の路をすれちがっていった人
電車の連結器にのっかっている人
なんでもなく平凡に生きている人
おれは殺す。

2

虎、はしる。
虎、はしる。
生きものが、すべて弱く、
ひしめいて死んでいく冬の野づら。
電線のとぎれている砂漠のはてから
鉄道のとぎれている荒地のはてまで
吹きながしている風の帯のかなた、

いちばん遠い獲ものをめがけ
蹴立てる爪、蹴立てていく現実。
城をこえ、湖をふかくくぐり
禿げ山をかけ上り下り
虎、はしる。
虎、はしる。

3

ハイティーンの春に
自殺しときゃあ好かった。
ものの判らない時代に。

三十歳まで、生きてきて
子宮からとび出したのが、ついぞ昨日のような気がする。
子宮からとび出したのが、五百万年以前も昔のような気がする。
恐らく、このまま生きのびて
いくつになっても、同じ想いだろう。

自然死は、あわれだ。
朽ちはてるのは、白々しい
もののくずれる時は白々しい
宇宙が崩壊する時も、唯物弁証法的には白々しい。
それならば、自殺した方はましだ。
殺す自分、殺される自分。
格闘、凝視。
点。
・……

4

虎よ。
恐怖王の使者の中の
たった一匹の勇者。
魂のシリンダーの中のピストンよ。
ささくれたレバー。たれ下がった胃腸。
くもの巣のからみついた胸の中部から
ひらり、とび立つ、黒い縞の弾力。

こころよい唸りをたてる太い喉。
空気の粒子にまでふるえていく胸肉。
月光の下で、はね、垂直にもちあげる
鞭の尾っぽ。
虎が見える
虎が見える
だが、虎は見えない
虎が見えない
虎が見えない
だが、虎は見える。

5

子どもと二人、百貨店の屋上で
日向ぼっこしている。

貧しい、詩人の子よ、
空中観覧車にのっておいで、

いいや、貧しくないなんでもない人の子よ、
アイスクリームを買っておいで、

鷹が一羽、鋭い眼つきで
檻の中から、こちらを向いている。
きみは囚われているのを不幸と思ってはいけない
囚われている者は、ロマンチスト。

貧しい、詩人の子よ
人工衛星、光速ロケットの走る下で
親子二人、十円玉を二つもって
百貨店の屋上で、鷹を見ている。

いいや、きみは
貧しくない、詩人の子でもないんだ。
普通の子供と一しょになって
汽車にのっておいで、
ブランコにのっておいで、

息子よ、
きみが大人になって、
なんにもすることがなくなって

きみの子供を百貨店の屋上に連れてきた時
こんな、みじめな思いに
とらわれないで欲しい、

鷹よ、空間に血がとび散り
とび散ったままのかたちで、
氷りつき、てんてんとつらなるのを
忘れてはいけない、
空間に、限りない闘争がおこることを
忘れてはいけない、

6

永福町から、渋谷まで、

あるいて、子どもと二人
百貨店にいく。エレベータにのる。
屋上までのぼる。一階、一階、
長い時間をかけて下りていく。
資本主義の枠の外へ放り出された人間が
物品の集積場へ、物を見にいく。
センチメンタルな日曜日。
だが、何故こんなことを
センチな事と思わなければならないか。
子どもよ、親が
センチを否定したばっかりに
ずいぶん、疲れたね。

7

虎よ。
恐怖王の使者の中の
たった一匹の勇者。
赤外線の虎よ。

てれくさくねむっていた内気な心臓。
よごれたむしろをかぶっていたニヒルな毛皮。
牙ばかりをみがいていた自虐の名誉。
その虎が、いま、おれを喰いやぶり
獲ものをめがけて、太陽への道を走る。
虎、はしる。
虎、はしる。
すべての色あせた獲ものの世界
虎、はしる。

8

街には、気がかりな
城がそびえ立っている。
尖塔のいただきで
ハトが飢え、もずがねらっている。
破れたズボンがひるがえり
大時計の短針が、がっくり落ちる。
つみかさねられた石の城。

めらめらと燃えやすい紙の城。
こわれていく城。
脂肪のついていく城。
夜のうらぐちには、気がかりな
小さい窓ぐちがあり、そのくちから
黄色い糞のようなものがいっぱいに溢れ
城の道の階段をながれている
城の内部は、いつも、まひる。
まひるだが、まひるだが
どこにでもある暗室。
どこにでもある密室。
どこにでもあるデッドロック。
夜を欲しい者は、ドンベを払って
ドア・マンに、その扉をあけてもらう。
まひるに、多くのミイラが目をさます。
蚤(のみ)の跳梁する疥癬(かいせん)くさい毛布の上で、
べったりと陰水のねばりついた女陰の上で。
まひるに、多くのミイラが目をとじる。

無限の数字をひたしていく電子計器の上で。
ミーリング旋盤とスクラップの林の上で。
ミイラは教会へおしよせていく
ミイラは、ミイラになれなかった幽霊にいのっている。
殺人狂の幽霊がくびれて
十字架に、さかさにぶらさがっているのに、
その幽霊を呼びもどしている。
おまえはミイラだ。
城に住んでいる男も女も
みんな、みんな、ミイラだ。

9

口をたしなむ者は
治世にては用いられ
乱世のは殺りくを免るるべし

どんな時代が、やってこようとも
要領よくやっていれば

殺されることはない
みじめなことはない
要領のいい奴は
そんなことも言わない
要領は沈黙からはじまる

10
バタ屋になりたい
バタ屋になりたい

だがバタ屋の世界には
バタ屋の縄ばかりがめぐらされている。
メカニズム、蟻を見たら殺せ。
どんなに落ちたって自由の歌はない。
君の自由は精神病院に
入院許可書をもらうことだ。
正常な社会から
遮断されている場所に

そこに自由がある。

ところが入院して思った
こんな不自由な世界は、またとない。

ところが、退院して思った
まだ精神病院の方がましかもしれない。

メシ屋になりたい
メシ屋になりたい
メカニズム、蟻を見たら縄をほどこせ

朝から、大学生たちが食堂におしかけ
大口をあけてメシを喰っているところ
料理場の湯気がたなびいているところ
赤くはれた女の子の足、楽しい。

11

三和銀行永福町支店の前で
ぼくは、しばらく立っていた。
警官が不審をおこして、
ぼくの傍へ来て、訊問した。
きみ、ちょときみ、ちょときみ、
あわてて、銀行のサービス係が
とんできて、弁解してくれた
ああ、この人は、なんでもないんですよ、
ただ銀行病なんですから。

銀行病とは、
一銭一厘の金もないのに
大きな顔をして
銀行通帳をもって、窓口へいき
金を入れたり、出したりする病気。

12

虎よ、

おれは殺されているのかもしれない
虎よ、
おれは、ただ何となく生きていて
いつか、殺されるかもしれない

何故、殺されるのか、
それは、殺されるかもしれないと思っただけの罪で、

そんな罪なんてあるものか、
いや、ある、
眼をあけてごらん
あなたは、盲なのかい
それは不健全な思想の芽だから。

13
バスがおくれている。
どうして、こんなに遅れるの
車掌がこたえた

運転手は年寄りなんだから
運転手さん、運転手さん、
もっと早く走ってください
運転手がいった。
街にはのりものが多すぎりる、路がせまい
だから時間が加算されるんで、

バスをとび下りて
電話ボックスにかけこんだ。
もし、もし、都庁ですか、
交通局長を呼んでください
ええ何ですって、あなたはどなた、
もし、もし、とにかく交通局長を呼んでください。
局長は、いま会議中です。
困ったですな、
局長は殺されますよ。

ええ　何ですって　貴方は何者ですか、

とにかく、うまくいかないものは
殺されるんですよ、ヒッヒッヒッヒッ
バスがおくれている。
交通局長が殺される意義は大いにある。

14

城の外では、気がかりな
自由主義者があるいている。
街かどには、酒樽がころがり
大学の教授も立小便をしている。
楽天家のギター弾き、狂ったピアノ、
刃物をもったカメレオン、宝石泥棒、
自由のうた、牢獄のうた、
愛のうた、姦通のうた、
賭ばくのプラン、愉しみのプラン、
革命のプラン、ダブルスパイのプラン、
うたとプランはいつもころがっている。
水死体はいつでも作られ

墓場に送られる。
短時間で葬送の歌が作られ
花で埋まる。
自由主義者の眼には、気がかりな
うすいたれ幕があり
その裾の方から
色気のある不安がのぞいている。
城の外は、いつも、たそがれ。
どこにでもある喫茶店。
どこにでもある土曜日。
どこにでもある偶然のはずみ。
つかのまの享楽を欲しい者は
その扉をあける。

扉をあけて、その道をいけば
きみは、冬の舗道で
ながく、のびている。
それはなんでもないことだ。

ある日、きみは消えている。
区役所の戸籍簿からも、恋人の頭脳からも。
それはなんでもないことだ。
なんでもないことだが
灰になったぼくは
ちょっと気にかかる。
灰がものを言う、灰がものを言う。

いったい、どうすれば、いいのだろう。
それが、ぼくには判らない。
それが、ぼくには判らない。
だが、何んとなく
ぼくは尾行すればいいのだ、
怪しい挙動の奴を、ぼくを消したような奴を。
ところが、街は同じ顔、同じ手
どいつもこいつも同じ色をしていて
どいつを尾行していいのか判らない。
ぼくは、思案にくれている。

くれているぼくがあるいている。

15

大きなボストンバッグをもって
東京中のビルの便所(トイレット)ペーパーを集めている奴がいる。
日に、何十貫、何百貫、
自動車にのせられて
どこかへ搬ばれていく。

おれは、終電車の置きわすれた紙屑を拾う、
おれは、終電車に置き忘れられてある新聞紙を拾って
家でためておいた。
二年間、溜りに溜った
くず屋に売った
牛乳ビン一本添えて
二十一円。

16

虎が、とぶ。
虎が、とぶ。

午後0時二十分発。
偽善が偽善でなくなるようにする人が
虎に近づいている、
ああ、いけない
近寄っては、いけない。

きみはどちらだ
おれは、自由自在だ。

だが
虎が、とぶ。
虎が、とぶ。

17
威張っている人がいるだろう

つんとしている女がいるだろう
この空港には、つんとしている人間ばかりだ。
その時、その人やその女の前に
すたすた歩いていって、とっさに、
ポカンと頭をひとつ撲ってやるんだ。
すると怒るだろう
まあ、失礼な、どうして、ひどい！
当りまえ、威張っているからさ、
すると、サクラになった友達が走ってきて謝るんだ。
どうも、済みません、
こいつ、ちょっとおかしいんで……
これで、万事ＯＫ
早速、実行したら、うまくいった。

18
虎、はしる
虎、はしる
遠い獲ものをめがけて

蹴立てる爪、蹴立てる現実。
おれの虎だ。おれは虎だ。
おれは虎だ。おれの虎だ。
低空飛行の虎、急降下着陸の虎。
黒い縞の弾力、虎はしる。
現実は、点と線。
点と線の中の点と線。
虎、はしる。
虎、はしる。
R・バルマ博士よ、さようなら
さようなら。
さようなら。

「R・バルマ博士に」という長文の献辞からはじまる。献辞の六行目の「代々木病院の御庄博実」は、実在の人物で語り手の詩人の友人であり、詩誌「列島」の詩人でもある。同じ行の「ぼくの家内が代々木病院」に「入院している」というのも事実であった。後ろから六行目に「清書するのにずい分と時間がかかった」とあるが、三日間の意識喪失状態で彷徨（さまよ）っていたときのメモ書きを、「清書」ではなく、編集・修正・加筆したものであろう。

後ろから四行目の「R・バルマ・ドクタアのことは誰のことかよく判らない」としているが、精神医学の権威者らしい名前が思い浮かんだといえる。

この詩は1から18までの番号によって区切られている。各番号での区切りを連として、各連は区切りの番号で示す。

第1は夢遊病者の独白である。最後に「殺す」とあるが、社会への呪いである、被害妄想になっているのである。第2の冒頭で「虎、はしる」と「虎」が出てくるが、「虎」からは酔っぱらいが思い浮かぶ。ここでの「虎」は社会での居場所を失い、目的はなく、街を彷徨っているサラリーマンである。語り手の詩人は社会派であることから、マルクス主義に酔っているという側面もありそうだ。「虎」は「荒地」を走っている、のである。第3は二行目の「自殺しときゃあ好かった」からはじまるが、この連は妄想的な語りである。後ろから八行目から「白々しい」が三回つづくが、「自然死」が、最上の「死」ではないと言いたいのである。後ろから四行目の「殺す自分、殺される自分」からは、この世は戦場なのである。

第5の三行目で「貧しい、詩人の子供」と、自分の子供のことを語りだす。詩人という非日常の存在であることに割り切れず、自虐的な語りである。詩人は「虎」にならなくてはならないのだ。

事業所での仕事打合せ中・30歳代後半

第六の後ろから二行目の「センチを否定」とは、マルクス主義者ということである。第7の六行目の「よごれたむしろをかぶっていたニヒルな毛皮」は、自らについての暗喩である。そこから二行目の「おのれを喰いやぶり」は、日常の殻を破ることである。組織や社会通念に順応している自分からの脱却でもある。第8の一九行目「デッドロック」は暗礁であるが、一七行目からつづいて出てくる「暗室」「密室」「デッドロック」は、詩人の深層意識である。二二行目には「ミイラが目をさます」とある。次の行の「疥癬」は、伝染性のある皮膚病である。この連は「ミイラ」が生きかえる怪奇の世界が語られる。ここもシュルレアリスムの世界であるが、物質主義や合理主義を、霊的な世界で払い退けようとしているのだ。

第9の五行目「要領よく」は、組織に順応することである。第10の一行目の「バタ屋」は、捨てられた紙屑・金物などを回収して生活の糧を得ている人のことである。後ろから八行目の「精神病院の方がまし」というのは、「隣の庭はよく見える」ということであるとともに、この世の中イコール「精神病院」ということである。第11では、時間をもてあまし、用もないのに銀行に行って、迷惑を省みず自己満足的な行為に走っている。第12の七行目の「殺されるかもしれないと思っただけの罪」ということは、疑うことが罪なのである。現代社会は組織のイエスマンでなくてはならない。第13では、路線バスの遅れに憤っていて、後ろから六行目「局長は殺されますよ」と脅しをかけている。乗客の不満の声が、怒涛となっている、と言いたいのだ。第14では、街とそこの風俗の描写がつづ

『虎』

く。時代遅れのというよりも怪奇的な場所のようだ。ここでの城の外というエリアでは、ネガティブな生活が行われている。語り手の詩人は、クリエイティブな気分になれないでいるのだ。後ろから一四行目に「灰になったぼくは」とあるが、詩人は誰かに殺されたと思い込んでいるのだ。後ろから五行目「街は同じ顔、同じ手」とは、人間性の喪失した無機質な風貌なのである。第15は現在のホームレスの活動に似ているが、何かしていることが、精神の支えになっているのだ。

第16の四行目の「偽善が偽善ではなくなるようにする人」とは、表立って悪事を行う人ということであろう。第17の三行目に「つんとしている人間ばかりだ」とあるが、目的重視の生活スタンスでは人と人との交流は必要ないのだ。ここでは、これから飛行機で旅する人たちの緊張感があるともいえる。六行目で「頭をひとつ撲ってやるんだ」とある。よそよそしい雰囲気に反抗してのことのようであるが、頭がおかしいとなれば、罪には問われない。第18の九行目の「現実は、点と線」とは、現実は都合のよいように書き換えられていることを暗示している。そこで、人には哲学や文学が必要なのだ。最終行から三行目の「R・バルマ博士よ、さようなら」は、「R・バルマ博士」への伝言であるとしている。提言であることを明白にすることで、読者の興味をさらにそそっているのである。

詩全体を通してのストーリーはチグハグで、現実に沿っていないが、これがイロニーとなっている。管理と秩序維持からなる現代社会に反乱の牙とたてる。それはピエロ的な快感なのだ。リフレーンの「虎、はしる」は、アクティブな自分への、詩人としての自分への変身の掛け声なのである。詩人には、世の中は火山礫の荒地に見えているが、それは詩人の心象風景なのである。「虎」となって、そこを生産と憩いの場所にしなくてはならないのだが、「虎」はまだ彷徨っている。組織や社会の論理に追い詰められたときには、頭を空っぽにして彷徨うことも、処世術といえそうだ。

《参考文献》

長谷川龍生：現代詩文庫　続・長谷川龍生詩集、思潮社、一九九六

三―三　『泉(ファンタン)という駅』

道の実存

道をあるいていて
約束の逆光に照らしだされる。

なんの約束の錘であろうか。
錘を振りはらうために
愛をつくる。
愛のかたちを彫る。
愛の動きに情念を吹きこむ。
道をあるいていて
小石につまずく。
霧の意識の中から
自者のつめたい雫がたれる。
すでに、愛は剝製か。
偽愛の怖れを打ち砕きながら
偽愛の心像にせきこみながら
道をあるいてきた後悔にさいなまれる。
自者に、言葉は遠く
渇いた不動の風景がそびえ立つ。
自者を傷つける小さな欲望の短刀
ひろがる空間をかすめる鋭利な一羽の鷗
意識の果ての

変物への錯誤か。

道をあるいていて
愛に傷つくこともなく、血をながした。
爪をはぎ　皮膚をめくり、手術を考える。
足のうらにつたわってくる
産業道路のような固い道を
風が吹いている。
塩素をふくんだ風が
道と同じ方向に流れている。
固い道の上に一個の胃袋が泡をふいている。
泡の行列が、
地中に、しみこまず
ひからびる。

道をあるいていて
首をたれる。
首をたれる演技にだまされながら

他者よ、
愛の心像から
夢とか、育むとか、糧とか、
聖なる宴とか、業とか、
翼とか、剣とか、
そのような連想を禁止する。
他者よ、
愛の言語から
平安とか、快楽とか、
裸身とか、所有とか、旋律とか、
憩いとか、喜悦とか、讃美とか、
そのような感情の発生を圧殺する。

道をあるいていて
道そのものが、絶対か。
無神の自者が、一歩前(さき)を
ひややかに、空気のように
突きすすんでいくのが、たよりか。

道をあるいていて
道化をおもう。
聖者と愚者の分裂をおもう。
飢えは高みに昇り
さんさんと照りかがやき
砂にめりこむ足指に熱をつたえる。

道をあるいていて
道の実存を信じる。
自由な道幅の中のせばまれた間隔の道。
その偏狭の道しかない。
そこで関節のくたばるまで
神に抵抗できるか。
そこで、すでに霊になった意識を
無神のように、とらえるか。
ただ、風てんの情熱をあふり
生物の悲しみを消す。

富士山山麓で書いた詩とされている。題名「道の実存」の「道」は、富士山登山口への道であるが、「道」とは生き方や技(わざ)の高みでもある。すべての連が、「道をあるいていて」からはじまっている。連が進むとともに、「道」の深まりが感じられる。「実存」は実存主義の実存であるが、人間存在ということである。実存主義は、実存は本質に先立つということである。そこで実存主義は、自らの実存によって自分自身を創り、世界を創ることである。はじめから本質という真理があるのではない、ということだ。

二行目の「約束の逆光」の「約束」は、「道」を極めるという神仏との「約束」といえる。五行目の「愛をつくる」の「愛」は、慈悲であり、「愛をつくる」は救済を推し進めるということであろう。最後から二連目二行目に「道化」とあるが、「道化」は笑いを売る商売である。それは他者の役に立っている。最終連六行目の「神に抵抗」は、サルトルに代表される無神論的実存主義の表明といる。「道の実存」とは、実存主義的な精神主義の道をつき進むということであろう。

泉(ファンタン)という駅

一人の農夫が消えて

四人の保線区員があらわれた。
朝霧にかこまれた興凱(ハンカ)湖畔の小さな駅に
五〇トン貨車の裸の長い列が
ふかぶかと、まだねむっている。
ある日、ねむりが裂け
電令一下、裸の長い列は
猛牛のように動力を発揮する。
車輪のきしみは遠い国境の壁に反ねかえる。
残雪の丘と唐檜の林が
せまり、遠のく。
鉄路を見ている村々の柵並みが
一線に続き、切れる。
二人の赤軍兵士があらわれて
一組の母子連れが外套(シューバー)にくるまって消えた。
ぼくは、まどろみから醒めた。
——もしもし、泉(ファンタン)という駅は
　未(ま)だでしょうか——

四人の保線区員が消えて
六人の旅廻りがあらわれた、
薄陽だまりに浮ぶウスリー鉄道の乗換駅に
ぽつんと氷菓子（アイスクリーム）の売店が窓をあけ
バケットに石炭ガラを入れて
なにげなく無表情に女車掌がとおる。
そうだ。こんな平凡な舞台装置と設定。
白々しい風景を背にして、詩人は見つめる。
唖の方向を。氷気を発散する森林の上の空を。
喝采が押し戻されてくる、空しい感情の礫（つぶて）。
通り魔の白い昆虫が
窓を打ち、野を駈けとび
忘れていたセメント工場の建物が
近づき、去っていく。
三人の土木技師があらわれて
一人の鉄道公安官が消えた。
ぼくは、双輛（そうりよう）機関車の喘ぎをきいていた。
——もしもし、泉（ファンタン）という駅は未(ま)だでしょうか――

泉(ファンタン)。泉(ファンタン)。
そんな無名にちかい小さな駅が
この極東の果てにあるというのか。
野草の枯れ沈んだ
駅舎のはずれに
白い立札が無造作に突きさしてあって
「この駅から　数キロの地点に
清らかな泉(ファンタン)が、しぜんに
ある日は、こんこんと湧き
ある日は、勢よく噴出しています」
何んということはない
たったそれだけ。

泉(ファンタン)。泉(ファンタン)。
そんな名称の小さな駅が
このシベリアの原野にあるというのか。

狩猟がえりのチュルク族の農夫が
鉄道を敷きにやってきた技師に
森の中で、声をかけた。
「おーい、そこに
　小鳥と野リスの
　水呑み場があるぞ――」
そんな昔ばなしを小耳に挟んで
駅員の前任者のもう一人の前任者の誰かが
いたずらがきを思いついた単純なイメージ。
ぼくの、幼い魂はあせり
その地点にいそいでいる――
水が渇いて、ひび割れ模様が浮きだし
水がさまよって、
伝説の跡形をしるすように
土の城と鉄柵が打ちこまれているのではないか。

どこかで、水の噴き出る音がする……
地面につよく、耳をあてろ！

いや、噴水の音ではない
地中の岩盤洞にひろがる洪水のひびきだ。
水の匂いにおびえながら
孤霊の鳩は、水をさがしもとめる。
独白も、告白も、
そこまでは到達しない。
言葉も、恐怖の心理も、呑みこんで攪拌し、
濁流の果ては巨大な瀑布と化して
水けむりを、空間にあげている。

三人の土木技師が消えて
二人の若い小旅行者があらわれた。
蜃気楼の幻光にさらされているのではない。
たしかに、夕ぐれの大地を
列車は走りつづけている。
どこか、異民族の巣ごもりに。
あたたかい灯（あかり）がつく。
どこか、他国の出兵兵士の髑髏（どくろ）に

一つの新しい裂け目が入る。
飢餓の飛行は、狭心者にとって
どこまで耐えられるのか。
たしかに、わずかな保証にすがって
列車は走りつづけている。
三人の農夫があらわれて
二人の赤軍兵士が消えていった。
ぼくは、目的の地図をもっている人間に
めまいと、無限の憎しみをおぼえ
後進国の絶望から這いあがるように訊ねた。
――もしもし、泉（ファンタン）という駅は
未（ま）だでしょうか――

詩人のシベリア旅行体験がベースにある。場所は極東に近いシベリアだ。「泉（ファンタン）という駅」があると現地で聞いて、その駅を探してみるが、希望を喚起するそのような場所は見つからない。

第一連四行目の「貨車の裸の長い行列」は、現代はトラック輸送が主力になっていることから、近代化の遅れた地域であることを示している。冒頭で「二人の農夫」は消えて、

自宅書斎・40歳代

この連の後ろから五行目で「二人の赤軍兵士」があらわれる。産業は低迷しているのだ。

　第二連九行目の「唖の方向」の「唖」は、声のかすれた、ことをいう。茫漠とした風景なのである。第三連八行目において「清らかな泉（ファンタン）が、しぜんに／ある日は、こんこんと湧き」という立札に出会う。希望へのお題目のようである。語り手の独白である「もしもし、泉（ファンタン）という駅は／未（ま）だでしょうか」のリフレーンが、近代化の遅れた貧困という閉塞感を響かせている。社会主義の低迷や少数民族にたいする無策を示唆している。車内でと車窓から見えている出来事は、近代文明の辺境である様相をあからさまにしている。それは文明化されていない荒々しさと力強さでもある。

小さな赤大根の髭の町

きみの　ふるさとは　何処だと
だれかに訊ねられたら

ぼくは　もったいぶって
いつもこたえる
それはね　水からくりの回っている
小さな赤大根の髭の町さ。

その赤髭の町へ
どうすれば　いけるかと
だれかに訊ねられたら
ぼくは　目をつむって
いつも拒否する
いっしょに　いけないさ
帚星（ほうき）のような単線の鉄道が
長いバカンスでがら空きになった映画館の片すみで
とつぜん、現われるんだ。

この軽装をした人生は
四回戦ラウンドしかやった験（ため）しがない
気付け薬を

鼻さきにつきつけられて
はっと、正気になり
いつも　タオルを　無造作に
投げ込まれている試合の終り。
ぼくの頭の中には
点々と　血しぶきが散って
かわいい赤大根の
収穫(とりいれ)時になっている。

視力を失い
鼻の肉がわれ
もうろうとした意識の中で
ちらちら、ちらちら
赤大根の田園がひろがっている。
イソシギが、跛(びっこ)をひかないで
赤髭を突っついている町。
はやく帰ろう
帰らねばならぬ

ぼくは、希望にもえる。

ぼくが　ふるさとを失ったとき
ぼくの顎に　集団のふるさとが
殺到し　襲いかかってきた。
耳鳴りがして
関節のスプリングが切れ
そのまま倒れていく――
そのときだ。
小さな赤大根の連なるふるさとが見える。
ごくありふれた駅舎。
あたふたと下車する一人の男。
待合室を突ききって
人だまりの少いプラザに躍り出る
ヘイ！　タクシー！　と口笛を吹いても
雲助運転手なんか　その町を知らないさ。
きみの　ふるさとは　何処だと

だれかに訊ねられたら
ぼくは　もったいぶって
いつもこたえる
それはね　水からくりのゆらめいている
小さな赤大根の髭の町さ。

題名となっている「赤大根の髭の町」は「赤大根の髭」のような「町」ということであろう。繁栄している街から外れた鄙びた「町」である。第三連二行目に「四回戦」からは、主人公はボクサーだったことが分かる。第四連ではノックアウトされたとき、赤大根の田園が脳裡に浮んできたという。このボクサーにとっても空想の「町」のように思われる。彼は定職につけずに放浪している。現代社会から町も語り手もとり残されている。語り手の理想郷であり、空想の「町」である。

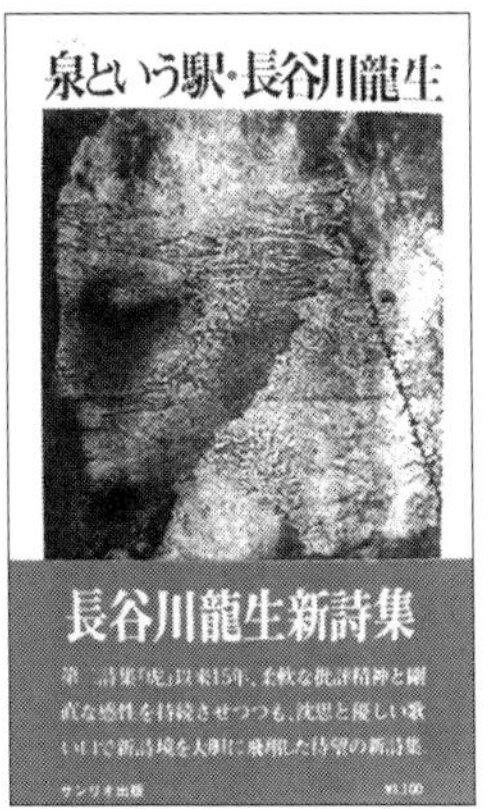

『泉（ファンタン）という駅』

《参考文献》
長谷川龍生：現代詩文庫　続・長谷川龍生詩集、思潮社、一九九六

三―四『直感の抱擁』

衒商（げんしょう）　女をつけてゆく

家具を背おって
女を　つけていく
ゆっくりと距離をあけてやる
くたばれよ

女が　金をつかっている
ああ　惜しい
つくづく　惜しい
泥溝（どぶ）がながれている

指物（さしもの）大工をやっていた
女が　とおりかかった
つめたい一瞥を投げてとおりすぎた

そのときから　女をつけていく

家具を背おって
女を　つけていく
どこへ　いくのか　いそいそと
いつ　くたばりはじめるのか

衒商をおえて　朝がえりする
家の扉は　かたく締まっていて
女は　すこやかないびきをかいている
家具を背おって　仮眠する

氷菓子をしゃぶりながら
女は　何くわぬ顔をして　いく
どこまでも　ひたすら
女を　つけていく

女が　病気になる

夜みちをはしる
はしりながら分裂する
なぜ　ぼくは　家具を背おっているのか

女が　べつの女と
家具の向うがわで
話をかわしている
家具の抽出しの中にあるたった一つの音響の出る抽出しについてか

女が　トイレを済ましたあと
そそくさと家具を背おってはいる
いったい　どんな考えで
水と　匂いを流したのであろうか

むしゃ　むしゃ　むしゃ
女が　ものをたべている
無心にたべている　青い空
ほくは　家具をみがいている

はやく　家具をさしあげます
どうか　嫁入り道具の一つにして
どうか　遠くの国へ
しゃん　しゃん　消えてください

女が　ある日
家具を褒めている
なにかあるにちがいない
なにか異変があるのではないか

家具を背おって
女を　つけていく
どこまでも　どこまでも　つけていく
くたばれよ

題名の「衒商」は悪徳商人のことであるが、ここではいい加減な商人である。書き出しの「家具を背負って」は、家を背負っているというアレゴリーでもある。次の行に「女をつけてゆく」とあるが、リフレーンにもなっている。この女とは離縁になったのであろう。女はもともと所帯をもつ気などなかったのだ。この連の最後の「くたばれよ」は、憎しみの言葉である。男はまだ女にエロチシズムを感じていて、その未練が語られてゆく。第三連一行目の「指物」は家具のことである。「家具を背おって」の「家具」は売り物のようだ。全体として、鄙びた日本風の町並みが連想されてくる。それが女の雰囲気と合一している。ここでの衒商は、未練がましい男ということである。

天皇陵幻想

呪術(じゅじゅつ)をまなぶ。
呪術をかける。
深夜の天皇陵のまえに立ちはだかって、
ひとり、狂気の霧をさそう。
ひとり、狂気の鎧から目ざめて、
しらじらしい大地の底深さを見つめる。
呪術をかける最大の対象は、だれか。
棄てさった親の屍体ではない、

うらぎった恋びとの心の在所でもない、
殉死にあえぐ欠けた埴輪でもない、
考古学教室に置きわすれている骨片でもない、
それは、目のまえに立つ、森林。
何者かが区劃（くかく）し、水をため、
水濠（みずぼり）の中に打ちこんだ謎の杭じるし。
陵所、未詳、
長慶（ちょうけい）天皇のものか、
崇道盡 敬皇帝（すどうじんきょう）のものか、
ひとり、幻術の正面に、
まぎれもない天皇陵がある。

呼吸をつめる。
吐く。吐く吐く、ととのえる。
歯をくいしばる。
ゆるめる。歯を歯でこじあける。
体内の血を、口腔にあつめる。
吸血する。逆流する。血の泡でむせぶ。

眼光で、闇を切りさき、
森林の重圧をふせぐ。
観念の底に、胆汁の脂をたまらせ、
ひとすじの灯をともす。
針の炎の尖端に、けだものの毛の匂い。
鉄片のような俄雨が、座をおそう。
どうして、こんな場所に、
墳丘を定めたのであろうか。
定着者よ、流浪者の呪術が飛ぶ。
いつの日か、石油櫓と化すのか、
いつの日か、死の祭儀学が、戒律と化すのか。

たたかわない奴れいが、
土と水になっている。
土と土とが、肩をよせあって、
水と水とが、にごり水になって、
何者かをとりかこんでいる。
奴れいの卑魂を呼ぼう！

言語もなし、
思想もなし、
疲労もなし、
愉悦もなし、
肉柱と肉柱とをよせあって、
夢は、過去の神霊にとりつかれている。
骨と骨をからみ合わせて、
何者かをとりかこみ、そこで息絶えている。
怨念のしわざか、呪いにかかってか、
タブーの錠に打ちこまれてか、
そこだけが、こんもりと盛りあがり、
天日にさらされている。

ぼくは、ゲートルを巻いて、万葉の野を行軍していた。ぼくは、歌詠みではなかった。大和国原は草ぶかく、羽曳野には埃りが舞いあがっていた。鷲尾。藤井寺、応神天皇御陵前。土師ノ里。道明寺。誉田八幡、古市。貴志。ぼくは、まいにち、まいにち、ステープル・ファイバーのゲートルを巻いて、古墳の傍にある溜り水の中から、泥をほじくりかえし、天びん棒にかついで、田の上に積みあげた。地頭らしき輩が、ふところ手をしながら、命令をくだし、ぼくが、くたびれると、一杯の粥を、椀によそってくれた。目のまえに、天皇陵が茂っていた。まったく、ぼくとは無関係に土地を占拠していた。泥と汗と、無の青春の憤りを他目に、そこは静寂であり、こまかい石が敷かれ、礼拝の広場があった。
　ぼくは、ゲートルを巻いて、万葉の野の名もなき土工であった。それが、ぼくの短い古代であった。

未来をうたがう。
未来の影を見る。
深夜の天皇陵のまえに立ちはだかって、
ひとり、恐怖にふるえる。
ひとり、恐怖の頭巾をはらいながら、
真昼の星と、見えない鎖を瞼の裏に発見する。
きれぎれの系譜の果ての、
名もない、家もない、幻想人間よ。
ここに夢の道をとざすような不吉な予感。
つる草は蛇と変じ、
水藻は爬虫類と化し、
白い衣服は、犬死をあがめる。

どうして、こんな場所に、
墳丘を定めたのであろうか。
定着者よ、流浪者の呪術が飛ぶ。
いつの日か、草のピラミッドと化すのか、
いつの日か、怨恨をこえた物象と化すのか。

唖者になった年月を掘るな。
聾者になった歴史をあばくな。
どこからか、声がする。
カメの底部に、ひとたまりの水晶の水。
水が祟るというのか、
水の精霊が怨むというのか、
死の抽象が、どこまで谺するというのか、
暗い穴ぐらに階段が見える。
だれも、下りていかない無生活の階段。
その階段に衣ずれの裾がまとい、
血の叫びのような呪いの手が、
このしらじらしい現実をまさぐる。

楽奏は終りをつげた。
儀式は、慣習となり、権威の暦となった。
それは遊魂ではない、
それは幽霊でもない、
ひとり、呪術の、念力に触知できるものは、
迷魂の呪いだ。

石がささやくと言うな。
その墳丘の傍で、
鍬を振っていた一人の農夫よ、
土と水とが、嵐の夕に、
語りかけてくる虚妄を言うな。
その濠水の傍で、
牛を追っていた一人の農夫の息子よ、
何千年ものあいだ、
いったい、何を夢みていたと言うのだ。
沈黙に対して、忍耐は有利であったか、
すでに、この風土に呪術を施した先例に、

忘却と、無関心は有利であったか。

ひとり、幻術の正面に、
殉死族の徒輩を見る。
神をもたない軽笑の人たちの隙間に、
伝説の徒輩を見る。

ぼくは、万葉の野に帰ってきた。ひとりの呪いをもった歌詠みの放浪者として。石垣はくずれ、有刺鉄線ははずされ、濠水はせばめられて、森林はのこっていたが、地名表示はどこかの片隅に追いやられていた。大和国原にはハイウェイが走り、ゴルフ場が緑の芝をひろげていた。沈黙の時代がやってきたのか、いったい、だれが、封じこめたというのか、ぼくの怨みのふるさとは、しらじらしく、ぼくを拒否し、さらに、絶望の陽の下に明るくたたきのめした。ぼくは、辛うじて生きのびてはいるが、ぼくの目のまえにあるものは、虚妄の掌を沈黙にとざして、ただ現実をうけ止めていた。定着者と流浪者のたたかいは、今、この時間から、始まろうとしている。永遠を狙っている呪術、祭儀。それを断ち切ろうとする革命の呪術、祭儀。人は、風のように吹かれていた。ベッド・タウンだけを確保し、短い近代を生きていた。

呪術をまなぶ。
呪術をかける。
深夜の天皇陵のまえに立ちはだかって、
ひとり、瞬間の生命をひき出す。
ひとり、刻まれた無言劇を再現する。
精神の馬は原野を駈けぬけ、
草のいきれの中に、人は無数に倒れている。
地平に、見えない争いはつづき、
山野に、読経の声がこだましている。
しかし、すべて、無の死学。
眼の格子が、血柱になって視界をさえぎる。
ただ、だまっている。
ただ、だまっている土と水の中に、
かぎりない伝説が生れる。
かぎりない虚信と旗がまいあがる。
ある日、どよめきを聞いた。
人口過剰のヒステリーが、物象に向って、
行進をはじめ、心の刃をかざした。

ただ人だけがあふれ、
空も、海も、山も、無情であった。

「呪術をまなぶ／呪術をかける」からはじまる。天皇の主な仕事は、政治と神事を執り行うことである。天皇陵というパワースポットで、呪術をかけている。七行目の「呪術をかける最大の対象」とは、そこから五行目の「目の前に立つ、森林」であり、そこには「天皇陵」がある。近代文明へ呪いをかけているのである。この男は、呪術を信奉する、まだ学生の詩人のようだ。一三行目の「何者かが区劃し、水をため／水濠に打ち込んだ謎の杭じるし」は、呪術的なものと考えられる。この連の後ろから四行目に、この天皇陵は「長慶天皇のものか／崇道盡敬皇帝のものか」とある。長慶天皇はその実在は疑問視されてきた南朝の第三代天皇であるが、大正一五年に在位がほぼ確定された。崇道尽敬皇帝は、舎人(とねり)親王の称号で、天武天皇の皇子である。それほど知られていない天皇あるいは皇子が埋葬されていたらしいことに、怪しげな霊力が感じられる。

　第四連は散文となり、語り手の詩人の一人称となる。一行目に「万葉の野を行軍していた」とあるが、それだけでなく天皇陵の近くで、土木工事に従事していたのである。工事とは無関係に、森厳と天皇陵は存在している。民衆とは隔絶して存在しているのである。霊的とはそういうことなのであろう。

　第六連の一行目「唖者になった年月を掘るな。／聾者になった歴史あばくな」は、過去

40歳代

の出来事や歴史上の事件の真実は、裏側に隠されているということである。次の行の「どこからか、声がする」とは、ここを天皇陵にすることを決めた権力者の声である。第八連の二と四行目の「徒輩」は、仲間の者であるが、天皇に殉じた天皇側近がいたということであり、「伝説の徒輩」は天皇に反逆した者ということであろう。

最後から二連目はまた散文となり、場面は万葉の野に戻る。三行目に「ハイウェイ」と「ゴルフ場」が出てくるが、時代は戦後に飛んだのだ。詩の作者は学生のとき、アルバイトであるが、天皇陵の近くで、私営鉄道の土木工事に従事したことがある、と聞いている。次の行の「沈黙の時代」とは、近代化が人びとを呑み込む時代のことだ。天皇の霊力は、民衆の力の爆発である革命を止めることはできない。そして近代・現代の合理主義・物質主義が駆動する社会の怪物化は、天皇の霊力も革命も呑み込みながら進行している。

最終連は旧約聖書の荒涼とした大地が連想される。そこでは近代文明は破壊の進行をもたらしていた。そこには古代の大地をとり戻そうとする祈りが感じられる。近代文明で荒廃しつつある大地に呪術をかけている。天皇陵というパワースポットならではの行為である。

ちがう人間ですよ

ぼくがあなたと
親しく話をしているとき
ぼく自身は　あなた自身と
まったく　ちがう人間ですよと
始めから終りまで
主張しているのです
あなたがぼくを理解したとき
あなたがぼくを確認し
あなたと　ぼくが相互に
大きく重なりながら離れようとしているのです
言語というものは
まったく　ちがう人間ですよと
始めから終りまで
主張しあっているのです
同じ言語を話しても

ちがう人間だということを
忘れたばっかりに恐怖がおこるのです
ぼくは　隣人とは
決して　目的はちがうのです
同じ居住地に籍を置いていても
人間がちがうのですよと
言語は主張しているのです
どうして　共同墓地の平和を求めるのですか
言語は　おうむがえしの思想ではなく
言語の背後にあるちがいを認めることです
ぼくはあなたと
ときどき話をしていますが
べつな　人間で在ることを主張しているのです
それが判れば
殺意は　おこらないのです

題名の「ちがう人間ですよ」とは、当りまえのことである。一一行目に「言語」がでてくるが、そのことは「言語」のよって「主張される」という。それぞれの人の個性は、行

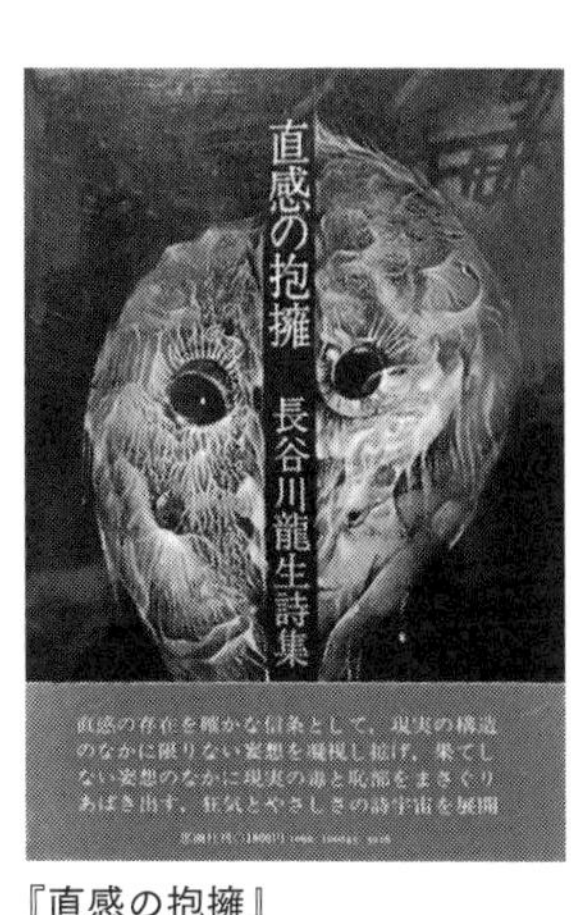

『直感の抱擁』

動に出る前に、「言語」の使い方の中に表われるということだ。最後から八行目の「共同墓地の平和」の「共同墓地」は、無縁物を合葬する墓地であるが、死んだあとで、安泰を求めても、意味がないということだ。また、「言語」を無視して争うことで、両者は墓に入ることになる、ということでもある。自分自身を生かすも殺すも、先ず「言語」の使い方に注意しなくてはならない。方針や意見の違いは、「言語」を駆使して妥協点を見出すべきということでもある。「言語」の使い方からも「ちがう人間」であることを認めることで、人と人だけではなく、民族や宗教や国家間の争いも避けられる、といえるのだ。

《参考文献》

長谷川龍生：現代詩文庫　続・長谷川龍生詩集、思潮社、一九九六

三―五　『詩的生活』

入場

そのとき
いかなる星空の下で
どんなにすばらしい恋をしていたって
その目的の場所にとびこむ
10月10日　わがオリンピア
午後　いちばんしんがりの紅白リレー競走を観るために
なりふりかまわずに
そのスタディオンにいく

アントナン・アルトーの幻の惑星は
まだ目がさめきっていなかった
ミッシェル・フーコー教授の本日は
散歩に出かけていったまま　休講だ

ぼくの過去のたった一度だけの
晴れやかだった勇姿ペロプス
その追憶の焚火を燃やすために

競走は始まっている
四色の組々は　いり乱れ
ある瞬間　もつれ倒れる者もいる
中継点で　追いぬき　追いぬかれ
ぬけそうで　ぬかれない直線コース
第4コーナーで　大きく回りこみ
横目をむいて歯ぎしりし損をしている者もいる
ひきはなされて
かすかな絶望の日射しを　はらい
追いすがる者もいる
あの表情　腕の振り　荒い呼吸
あの日　あのとき　数分間の昂奮が
ぼくのその後の存在を
あぶないものにした

あのとき
ヘラ神殿を出発し
観衆からそれて
長い時間　どのくらい走ったことか
囮
ダミー
変装の技術
いろいろな職業を転々としたが
最後の　困難な力づよい旅が
疎外されていく詩の飛翔だった
なんだか　その詩をつくるよろこびも
淡い湖水に入水するようなうすら寒さをおぼえる
さまざまな駅を通過した
何も知らない女子供が手をふっている
そして　その姿や影も
小さくなっていく

あの入場式
ぼくは青い襷をかけて
前方をにらんでいた
不景気におびえていた家族たちが
応援にきてくれなかったことも知っている
おい　猿島蟹平　いるじゃないか
おまえ　いつ　徴用狩りの犬死にの場所から舞いもどってきたのか
チョビ髭が見ているぞ　かくれろ

あの日　あの一歩
雨あがりの秋の空が目にしみた
だれも　卵焼きと蓮根のならんだ
幕内弁当なんかつくってくれなかったことも知っている
おい　臼山蜂助に　桃山栗太郎　生きてるじゃないか
おまえたち　いつ　飛行技術もおぼえないで沖縄沖の藻屑から浮び上ってきたのか
エンペラが健在だぞ　ひっこめ

いま、ぼくは背のびをして

観衆のうしろの方から
掌の中に汗をにぎりしめている
胸が破けそうになって独白を放つ
まるで　どこかの牢獄島から脱走してきた
行きずりの狂人のように
眼球を動転させる

そのとき
いかなる星空の下で
どんなに尾羽を打ち枯らしていたって
もよりの小学校の門をくぐる
10月10日　わがオリンピア
午後　いちばんしんがりの紅白リレー競走を観るために
憑きものにすがるよう
そのスタディオンにいく

マーチが鳴っている
さあ　入場だ

ぼくは　どこにいるのだろう
スタートラインを目ざす
いまは　まっ白い鉢まきをきりりと締めて
三列目の
うしろから五、六番目に
ぼくは歩いてはいませんか
クロード・エドモンド・マニー夫人が
酒乱の果て　草稿の屑に埋もれて死んでいたことも遠い雲の記憶だ
毛沢東のバセドー氏病の異常など
はるかに　はるかに
古い昔の語り草だ

六行目の「紅白リレー競走」は、学校の運動会である。昭和の年代では、生徒の家族ではなくても、学校の運動会を見学する人が多かった。語り手が運動会を見に、「スタディオン」に来たところからはじまる。

霧の小字（こあざ）をすぎて

一隅を　谷（やつ）という
侘（わび）る在所はパストの埃り
そんな我が家の影には祈るのもいやだ
亡民の草が　なぎたおされ
崖（まま）にせり上って
立ち枯れている

かわいた土表を爪で削れば
埋れ寺の瓦　碗　壺のかけらが
砕けねむる
無駄骨を折った逝く人の心など
ギリシャの空よりも遠い

霧の小字（こあざ）をすぎて
荏柄（えがら）天神
胡桃（くるみ）川の野みち

欠けた木製五輪の塔など
なん画窟（えがきやぐら）の石床にころがるか
こがらしが吹いて
枯葉が舞い散った
金槐和歌集の一冊など
なんの飯（めし）はずしの夢かうつつか

へどが出る　血へどの臭さ
瞞着のリズム　時の推移にかける愚かしいセンチメンタル
今日もまた　あの日とかわらない
もったいぶった国文学のモノ知りが
地方の這いつくばった国語の教師をあつめてあるいている
あやなの花や　春の山かぜ
鍬の刃さきで　頭をぶち割ってくれよう

一叢（むら）を　菅（すげ）という
あしがりの
崖（まま）のこすげの

すがまくら
濁り水がどっと逆まいたあと
虫がとぶ夜明けに
泥立ち枯れている

それでいいのだ
その現場で朽ち果てる歌想をぬれ
言語は　土着の死そのものに沈まなければならない
岩波文庫の一冊をかくして
戦争にかりだされたうすぎたない学徒将校
ダイヤック族の蛮刀に殺(や)られた
首なし日本兵の　無数の筏流しを避けた目の
鎌倉万葉など二度とききたくない

霧の小字(こあざ)をすぎて
闇の雪中
阿闍(じゃ)梨のともしび
膳汁をそそとすすって公暁の面(おもて)は雪あかり

実朝の血首をかかえて
鶴岳の峯みちをひたすらにいく
いずこで下知したか　長尾新六定景が背後からがばりと組みとらえ
二尺余の雪中に揉みあって倒れた
血の毬(まり)が　野犬の空にとぶ

霧の小字(こあざ)をはずれて
カリマンタン島
サマリンダ　マハカム川の森の流れ
野犬の一頭がはねられて
べつの野犬が血首をくわえる
その一頭が咬みこまれて
さらにべつの野犬が血首をくわえて走る
もう　実朝の首は
どろどろにとろけた
マホガニーの家具材料の奥の方だ
実朝がいく
首がいく

一行目の「谷」は低湿地のことで、鎌倉エリアに多い地勢である。次の行の「パスト」は、過去である。この小字はかつて寺院があり、町として栄えていたのだった。第三連後ろから二行目の「金塊和歌集」からは繁栄がイメージされてくる。第四連四行目の「国文学のモノ知り」は、封建的な思想家であろう。第五連一行目の「一叢を　菅という」は、「菅」の草むらがあるということだ。第六連五行目の「学徒将校」は、軍国主義を否応なしに受け入れさせられた悲劇の人である。第七連三行目の「阿闍梨」は、多くの僧侶の模範となるべき特別な資格を有する高僧のことである。次の行に実朝を暗殺した「公暁」が出きて、その次の行で「実朝の血首をかかえて」となる。暗殺の歴史が大地に沈んでいるのである。その次の行の「鶴岳」は、鶴岡八幡宮のことである。その次の行では、「長尾新六定景」が「公暁」を討ちとる場面となる。人の世の陰惨さの映像化（ビジュアル）でもある。最終連二行目の「カリマンタン島」は、ボルネオ島のことであり、次の行の「サマリンダ」はボルネオ島の東カリマンタン州の州都で、同じ行の「マハカム川」はボルネオ島の東カリマンタン州を流れている。場面はボルネオにまで飛んでいる。野犬同士が咬みつき合い、野蛮なイメージが突きつけられる。「実朝の血首」は崩れながら運ばれてゆく。権威は失墜し、人の世の混沌はさらに激しくなってゆくなかで、時代の潮流から外れた地域は、ますます殺伐となってゆくのである。

ほとんど知られていない人名や地名が、次々に出てくる。渾沌としたイメージのなかへと読者は巻き込まれる。人の世とは一歩先は闇なのである。

星自身

星には曲り角などなかった
見とおしのきく広い空間の場で
美しいフィラメントの残骸は
はげしくゆらめいていた
だが　その時
星には曲り角があったのだ
ぼくは見た　たしかに
ツエロ・トロロのアメリカ大陸共同天文台の
カーティス＝シュミット望遠鏡よりも
強力に明るい　逆パルサーの
ぼくの電子鏡ではっきりと把えた
その時　ぼくは詩を考えていた
その星は曲り角をまがったのだ

たしかに宇宙の絶対の死を
大胆に拒否して　視界から消えていった
宇宙はごく少数の星を生かすために
曲り角をつくっている
いたるところに迷路をつくっている
曲り角のむこうに　なにがあるか
大暗黒の夜でも
地上に　物の影が完全に落ちる
若く　青い
星自身

「星には曲がり角などはなかった」からはじまっている。星は静止している恒星と、軌道を周回している惑星とがある。六行目に「星には曲がり角があったのだ」とつづくが、これは軌道から外れたということであり、四次元空間へ変転したことになるであろう。宇宙とは謎の場なのである。

土工の眼

土工が公園をつくっていると
雨傘で顔をかくして
とおりすぎていった女がいる
土工は穴掘りの手を休め　時間を確(たし)かめた
うしろ姿が消えるまで見おくっている

土工が公園をつくっていると
若い男と　妊娠している青ざめた女が
ふと立ちどまって移植の裸木を眺めている
土工は手袋のまま煙草に火をつけた
ニヤリと笑って穴の底の同僚に声をかけた

土工が公園をつくっていると
独りずまいの老人がよちよちあるいていく
土工は静脈瘤と斑紋のある脚を仰いでいた
余韻がながれている
謡曲「蟻通(どおし)」のシテ謡か　天台声明(しょうみょう)か

土工が公園をつくっていると
髪の毛の長い男とも女ともつかない二人が
もつれあって　とおりすぎていった
土工は烈しく唾を吐いた
青空たかく土が放りあげられている

公園は　いつ　完成するのだろうか
工事現場の傍を　犬もとおれば人間もとおる
土工の眼は鋭く外にひらかれている
何日　何時何分　だれが往来したかを
どこから来てどんな様相で去っていったかを

日がくれて　土工は帰っていく
そのうしろ姿を　ぼくが見おくっている
眼だ　この眼だけが信頼に足る
仕事が欲しい！

「土工が公園をつくっていると」からはじまるが、語り手の詩人は「土工」を眺めている。「土工」は仕事にはげみながらも、通りすがりの人たちに目をむけている。第三連二行目に「老人がよちよちあるいていく」のが目にとまる。この連の終りに「蟻通」と「天台声明」が出てくる。この情景というか場面が、「蟻通」や「天台声明」に結びついていると感じているのだ。「蟻通」は能の演目で、蟻通明神の社の神前であり、もしもそれを知ってここを通ったのであれば、命はなかった、と言われる。「天台声明」については、声明は経文を朗唱する声楽であり、最澄により唐から伝えられたのが「天台声明」である。第一連から四連までの各連は、「土工が公園をつくっていると」ではじまっている。土工が作業している姿が、見えてくる効果をもたらしている。仕事をしながらも、時おり別のことに目をむけたり、別のことを考えることがある。「土工」にかぎらず、そうすることで仕事にリズムがうまれているのである。土工の仕事ぶりを見ていて、詩人も働く意欲をわかせているのである。荒川洋治は、最終連の後ろから三行目の「そのうしろ姿を　ぼくが見おくっている／眼だ　この眼だけが信頼に足る」に注目して、この詩の意義を論じている。

通行人を観察していた男を、もうひとりの人物「ぼく」が見ていたのだ。なぜ「ぼく」は男を一日じゅう（?）見ていたのか。ひまだからだ。仕事がないので、何もすることがないので、目に映るものを見る。普通なら漫然と見ていていい。だが「ぼく」はとても熱心に見ていた。自分の「眼」をつかって見ることだけがいまの「ぼく」にできることだからなのだ。「仕事がない」のは辛いが、「眼」をもつことはうれしい。いまの自分の証明だから。同時に「眼」をもつことは、「仕事」がないことの証明でもあるので、よろこばしくない。その複雑な気分が、「眼だ　この眼だけが信頼に足る」という一行にこめられる。(『詩とことば』)
土工が見ているものを、傍らの詩人も見ていて、詩人は自分は働く側の人でなくてはならないと気づかされ、定職につかなくてはとの心境に駆られるにいたる。見る、観察することで、人生の活路を見出せることもあるのだ。

野に咲く花ノート

野に咲く花を、見つめていて、中国をしきりにおもう。中国へいきたい。荒地に入ってまずテントを張る。レンガを造る。石の家をこしらえるためだ。自給自足。最悪の条件下で、人間が生きる方法を知る。

いま、中国から地平線が見えなくなりつつある。風景が変貌している。ものすごい森林が計画的につくられていて、万里の森林と果樹園の城だ。地下には、おびただしい地下壕が掘られていて、迷路になっている。ゲリラ戦に備えて、地球上最後の戦いの準備がととのえられている。

野に咲く花を、見つめていて、詩をしきりにおもう。花の美しさや、花の生命の感性など、私には不用におもう。人間には、もっと大切なことがある。どんなに劣悪な場所に辿りついたとしても、そこに根をはって、生きるということだ。それが、野に咲く花の美しい原点だ。

野に咲く花を、見つめていて、日本の詩を詩人をしきりにおもう。なんという平凡な抒情であろう。なんというヘドが出るような自己充足であろう。絶対に安らぎなどはない。魂の休暇などはない。いま、日本の現代詩は心と存在のたたかいを忘れている。詩人たちは、詩が荒地の数学であることを知らない。

野に咲く花を、見つめていて、小野十三郎をしきりにおもう。風景は変貌しつつある。中国から広大な地平線が見えなくなりつつある。抒情の変革は、まず荒地の数学と、量子物理学の征服から始まる。中国へいきたい。荒地に入ってテントを張りたい。細胞の一つ一つにカウンター（対抗）の思想を植林するために。

一行目に「中国に行きたい」とあるが、近代化の遅れている中国の原野が想い浮ぶ。しかしそこは機械化という近代化とは別に、計画的に農園が造成されている。第二節では野生の花のしぶとさに憬れる。第三節ではわが国の詩の現状不満が語られる。伝統的な抒情では、近代社会の人間性の欠如へは立ち向かえない、というのだ。

最終節の一行目に「小野十三郎をしきりにおもう」と、内容を転換させている。伝統的な抒情を拒否し、モダニズム志向の提言である。二行目の「荒地の数学」からはエリオットの詩「荒地」が思いあたる。詩「荒地」は計算された構成で成りたっている。同じ行の「量子物理学の征服」は詩のモダニズム推進の換喩であろう。これらを踏まえて新時代に対応した詩を書くというのである。三行目で再び、「中国にいきたい」と言い出している。中国イコール新天地であり、中華人民共和国の意味ではない。荒地に花を咲かす、といった詩作を目ざしているのだ。

京都の町の不思議な電車

京都のせせこましい町の
四条大宮という駅から
不思議な電車がガタピシ走っている
幇間医者のような車掌があらわれ
つぎは　西院でございまする

つぎは　壬生（みぶ）でございまする
つぎは　蚕（かいこ）の社（やしろ）でございまする
つぎは　太秦（うずまさ）でございまする
ウッズ・マーサ　それは古代ヘブル語か
広隆寺の「いさらいの井戸」をたずねたら
あれは　つまらんただの井戸ですがな　と
駐車場のおっさんが言いよった
イ・サライ　それはモハメッドの青女房の名まえではないのか
つぎは　帷子（かたびら）の辻でございまする
つぎは　車折（さき）でございまする
つぎは　鹿王院（ろく）でございまする
つぎは　嵯峨野でございまする
これでは　まるで中世の謡曲電車にゆられているようなものだ
ぼくは　目をほそめてうなってみた

　火宅の門（かど）をや出でぬらん
　夕顔の宿の破車（やれぐるま）
　やる方なきこそ悲しけれ

浮世の牛の小車（おぐるま）の
あら　恥ずかしや今とても
忍車（しのびぐるま）のわれ姿
月をば詠（なが）めあかすとも
月にはみえじかげろふの

つぎは　常磐（ときわ）でござりまする
つぎは　御室（おもろ）でござりまする
つぎは　龍（りよう）安寺道でござりまする

京都のせせこましい町の
四条大宮という駅から
不思議な電車がガタピシ走っている
幇間医者のような車掌があらわれ
両脚を踏むばって　ヘソ鞄にしなびた手を入れ
小銭（こぜに）と回数券をたえず数えしらべている
　あのとき　青女房は言いよった
ほんなら　ブブでもお出ししましひょか

用もないのに　はよ　帰りくされと　腹のなかでのの
　しっていることだ
ふらふらと下車したら
軒さきに一台の破車（やれぐるま）があって
青女房ではなく
一匹の緑の蛇がからまっていた
「源氏物語教室　スグソコ　右曲る」
葉末の露にびっしょり鱗が濡れて
梓（あずさ）の弓をくわえていたと言ったら
京都人を刺激するというものか

最も強く伝統文化に支えられた町が京都である。四行目の「幇間医者」は、医術が拙劣で、人に迎合することによって世を渡る医者のことである。五行目からの車内アナウンスにおける「ござりまする」のていねい語は、読者を古典文学の世界へと誘う。八行目の「太秦（うずまさ）」は、次の行で古代ヘブライ語の「ウッズ・マーサ」ではないか、という。一〇行目の「いさらいの井戸」は、一三行目で「イ・サライ」という「モハメッドの青女房の名まえ」ではないか、という。このようなことから、詩人は古代的なエキゾチズムを感じているのだ。第二連の詩句は、源氏物語の「葵」巻をもとにした能「葵上（あおいのうえ）」の「謡曲」となっている。最終連の八行目「ブブでもお出ししまひょか」は、遠まわしに〝お帰りください〟ということである。「ブブ」はお茶漬けのことである。後から五行目に「一匹の緑の蛇」が現れてからは、アラビア文化の香りがただよってくる。京都は日本の伝統文化の枠には、あてはまらないのだ。また、そこには近代ならではの大通り文化とは逆行した妙趣がある、と示唆している。

王貞治が6番を打つ日

王貞治が6番を打つ日
ぼくは　つぎはぎだらけの小さな球団で
朝はやい数時間だけの登録をすませ
その日は8番を打ってるだろう

海のむこうでは
ボッブ・フェラーと同世代の黒人投手が
ついこのあいだまで
マイナーの草野球まで流れ流れて

ショート・リリーフで稼いでいたそうだが
そいつと同じような影が
群雀たちの落下する影とともに
関東ローム層の土の上を斜めにかすめた
その肩の肉の削げた幽霊選手は
いつも中堅手と右翼手の間の位置に
心持ち腰をおとしてかまえている

野球をおぼえたのは
幻想癖よりもはやかった
尋常小学校に入るまえ
満州国の皇帝に溥儀がなった年のことだ
スモウトリ草を摘んでいたら
ふいに狩りだされ
郵便局の裏の野っぱらにつれていかれた
相手のキャプテンから伝令がとびだした
──あいつは　学校にもいってないじゃないか　助っ人(と)はみとめないぞ。
助っ人(と)

そいつはチャンバラキネマの素浪人のことか
グローヴをうばいとって
さっさと　守備位置についた
ぼくは　豹のように　走り　跳び　くねる
草原の遊撃手になった

王貞治が6番を打つ日
ぼくは　ありふれた詩にとりつかれ
自分でつくった球場の周辺を
さまよっているだろう

さまよっていたら
暴力団担当のすれっからしの刑事(デカ)が
きょうのハンディは
二・五だよと言った
野球トバクの仕切り数値だ
日本列島の北から南まで
その仕切り値はつたわっていく

――どうして　あの時　あのエースは　全く考えられない球道をえらんだんだ
野球評論家は口を閉ざしている
酒場の一軒や二軒
またたくまに名義かきかえ
おとし穴

ぼくのホームラン第一号は
小学校の四年生の初夏だった
会心の当りで　球は塀の外に消えていった
――すげえ当りだなあ　おい　あいつは一体誰だい　他所から転校してきた奴だって
ぼくは　目立たなかった
屈辱のそこにいつも耐えていた
少年にとって転校のドラマは限りなく悲しい
ぼくは　一本の綱をにぎりしめた
目の色が変わる名三塁手になった

王貞治が6番を打つ日
ぼくは　どこかローカル線の列車の片隅で

かわいい女と駅弁をつつきあい
スポーツ新聞の打率表をながめているだろう

王貞治が6番だって
そんな莫迦なことが——
なにかのまちがいじゃないか
とぼけた独りごとをまき散らしたって
明日の世間はわからない
王貞治と　ぼくが初めて会ったとき
彼は8番を打っていた
電通西銀座高速度道路下のぼくの仕事場に
気がるに　やあと言って入ってきた
東芝のPR雑誌の創刊号に登場してもらうためだった
彼は　ひるめしを喰って　やあと言って読売の方に出ていった
彼はたしかに8番を打っていた

ぼくは近鉄藤井寺球場に出場したのは
中学校の二年生の終りだった

試合途中で　中堅手を守らされ
外野の広いのにおどろき　足がすくんだ
三つの外野フライを左右に処理し
一つの大きな当りを頭上に見おくった
若き日の蔭山の三塁打だった
あいつは南海ホークスで薬をのみすぎてあの世にいってしまったが
年少のときから　左中間にとばしよった
外野席の河内のアンちゃんから
――おんどれ　このド阿呆！
みかんの皮がとんできた
あのときは　きっと野球トバクだったのだ
ぼくは　そのときからレギュラーになった

王貞治が6番を打つ日
ぼくは　革命的な詩をかいているだろう
詩をかきながら　煙草をふかし
この日常性にいらいらしているだろう

小さな町の少年チームから
審判員をたのまれたが
ぼくは　現役なんだからと拒った
審判員などにはなりたくない
監督からののしられ
コーチ連から小突かれ
球場のホット・コーナーで
観客席の白い風景を見たくない
ぼくは　いまでも
現役なんだから

ある晴れた秋の朝はやく
ぼくは　つぎはぎだらけの小さな球団で
二塁手を守っていた
二打席目が回ってきたときに
見知らぬ監督が
——済みませんが　代打を出します
と　目を伏せて言った

——ああ　いいよ
と　ぼくは受け入れたが
なんだか　くるものがきたという怖れと
見知らぬ監督に殺意がつきあげてきた
ぼくは　コツコツと
スパイクを冷いコンクリートに鳴らし
打撃王ルー・ゲーリックの
うしろ姿をつくりながら
水呑み場の方にいった

王貞治は6番を打つことはない〃世界の王〃なのであるが、語り手の、世間並みの生活をおくっている野球人との対比が、イロニーとなっている。

第一連最終行で、「8番を打っているであろう」と、将来を予想した語りとなっている。回想や仮定の出来事が語られてゆく。第二連の後ろから三行目に「幽霊選手」とあるので、語り手の野球人はレギュラーではない。第四連では、野球人は詩人になると予想している。次の連では、野球賭博のやり方が、具体的に語られている。これは社会の裏側なのであろう。第八連では、王は8番を打っていることになっている。妄想を語っているのである。第一〇連二行目での「革命的な詩をかいているであろう」は、願望である。第一一連三行目で、「現役なんだからと拒った」とあるが、現在の出来事を語っているような語り口である。ここで現実感を突きつけてくる。最終連三行目は、「二塁を守っていた」と過去形となり、六行目で、「代打を出します」と、監督に告げられる。引退勧告ともとれる。庶民とは脚光を浴びることなく、現役を退いてゆくものである。一般人とはもて囃されることなく、引退してゆくのである。

「王貞治が6番を打つ日」がきたとしても、庶民の社会的な地位や生活が大きく変わることはない。人生とは悲哀の詩情（ポエジー）のもとに進行しているのである。

マチュピチュ

土曜日のあさ
二日さきの朝刊をめくっていると
日曜日のダービーの勝敗がのっていた
おやっ　髭づらをつねった
マチュピチュ
マチュピチュ

そんなたわいない空想家だから
一世一代の
博奕(ばくち)打ちなんかに成れたもんじゃない

リマ署の腕っこきの官憲が
「鳥」とあだ名のついたボリビアの思想犯を
ペルーの山奥まで追ってきた
マチュピチュという町で
ぷっつりと足跡がとだえている
「鳥」を知らないか
「鳥」を見かけたものはいないか

家々の戸口では
無言のインディオたちが
土壺とならんで立ちつくしていた
憎み　怖れている
目の光の底で懇願している
青ぐろい蒙古斑の消えないころから

だぶだぶの古着をまとって
熱っぽい視線で異邦の人間を見つめている
そんな夕どき　その腕っこきは
「鳥」という題字のついたケチュア語の
アンダー・グラウンド新聞を手に入れた

二日さきの事件の
てんまつがのっている
目をしばたいた
濁酒をひっかけたわけじゃないぞ
それとも　ゲリラの悪乗りかもしれない
その腕っこきは　不安げに呟いたそうだ
記事の隅っこに　灌漑水路の溝で
自分に似た男が　首を折られ　目をむき
乱れた髪が冷い水にちろちろ洗われていた
あとは　どうなったとおもう
もちろん　帰りのクスコ行の箱には
リマ署の腕っこきの姿は見えなかった

マチュピチュ
マチュピチュ

そのあとのニュースの尾ひれは
アンダー・グラウンド新聞にものっていない
町は　不潔な死体を拒否した
死体処理人がビルカバンバの麓まで
その腕っこきを　袋づめにして
小さな浴場あとで　燃やしている
づかづかと入りこんできた敵の神経を
けむりにしてしまう日傭い労働は
なんと　気もちのいいことか
彼らは　カパック二世とその一党のように空にむかって唱えた
マチュピチュ
マチュピチュ

土曜日のあさ
二日さきの朝刊をめくっていると

日曜日のダービーの配当金がのっていた
おやっ　髭づらをつねった
マチュピチュ
マチュピチュ

そんな危険な空想家だから
一世一代の
博奕（ばくち）打ちなんかに成れたもんじゃない

もしや
もしか　もしや
はやるダイナモをおさえて
競馬場に直行した
競馬場の門は閉っていて　あいにくダービーはお休みだった
いつも　こうなんだ
白々しい現実のしっぺがえしだ
おーい　しっぺがえし

あさ火事があった
若者が　猫にガソリンをぶっかけて
火を放ったら
燃えている猫が集合住宅の縁の下にころがりこんだ
午後(ひる)は　午後(ひる)で
軟式野球の球審がすずめ蜂におそわれ
プロテクタアの亀の甲の下で即死した
どこかの会社員で　動物アレルギーを
七百円のアルバイトで売ったのだ
夜　まっくら闇の観光地で
煙草の自動販売機だけが目をさましている
国道に出るには半時間もかかる
ボタンを押す　がたんと一揺れして
そいつが　ぺらっと喋ったのだ
「まいど　ありがとうございます」
ここは　日本の深い山の中だ
マチュピチュ
マチュピチュ

『詩的生活』

ボリビアの思想犯の逃走と追跡のストーリーである。その犯人は、「マチュピチュ」という町に逃げ込んだのだ。世界遺産のマチュピチュ遺跡の近くの町なのである。マチュピチュ遺跡は外部とは断絶した山上の古代都市である。第三連一行目に出てくる「腕っこきの官憲」が追跡している。ところがその官憲は、アンダー・グランド新聞で自分らしき者が、第五連一行目で「二日さきの事件」として惨殺されている記事を読む。未来にタイムスリップした場面となる。「マチュピチュ」は不可解なエリアなのである。

第七連では、思想犯が二日さきの朝刊でダービーの配当金を見ている。第八連一行目の「そんな危険な空想家」とあるが、「日曜日のダービーの配当金がのっていた」ことが空想ということなのであろう。最終連は、場面が「日本」に飛び移っている。九行目の「動物アレルギーを／七百円のアルバイトで売ったのだ」は、読者が想像するしかない。「動物アレルギー」は動物の羽や毛などで起こるアレルギーであるが、アレルギーのある動物を売ったということか。一二行目の「自動販売機」も、不気味な山中を演出するためなのであろう。「マチュピチュ」のエリアを「日本の深い山の中」と重ね合わせている。「マチュピチュ」は霊的な地であり、その地名は呪文にもなる。世界には怪奇な出来事が起こる場所があるというミステリー小説風の詩劇である。

《参考文献》

長谷川龍生：詩集　詩的生活、思潮社、一九七八
荒川洋治：詩とことば、岩波書店、二〇一二

三―六　『バルバラの夏』

ガブリエル通りのバルバラ

「友だちと出会う場所」という古彫板の架かっているカフェで
軽いボージョレーをあおっていた
二人組は　不意の客には目もくれなかった
ぎいこぎいこ　ばね扉をおして
配管工と削り屋が一杯ひっかけに寄っただけのうすら寒い午後
バルバラは来ない

それでも　キダムとアレクサンドラがすり寄ってきてくれる
キダムは　テリヤ系の雑種で
アレクサンドラは　碧い眼のペルシャ猫
彼女らに　身ぶり手ぶりで
お世辞を　たっぷりとばし
冬の終りのひとときをはしゃいでいた

昨日かき消えた男は　明日を待っていた男だったと
それが　たしかに　低い恋歌をつぶやく
三文詩人の端くれだったと認めるには
雪の汚れの底にひそむ石だたみの荒い表面を見つけるのに似ていた
いまさら　オペラコミックの屋根裏部屋には帰れないさ
ところで　今日の占星術は　凶か

あの暖房調整の狂った部屋に帰ると　動悸がうつ
せまい壁と　天井におしつぶされると
とっさに自慰がしたくなるというある女闘士の暗い顔をおもう
どこか重信房子に似ていた

広い野原や　森の中の摘み草が好きだったのが明るい思い出だ
ある霙の降る夜　バスク地方に向った
それっきり帰ってこない　向うの地で交通事故の名目で眠っている

ガブリエル通りの可愛いバルバラは
ななめ向いに見上げる屋上庭園で
いまは　姉のシャルロットと中国茶の時間だろう
菜食主義者の一族で　薬草がところせましと栽培してある
そこまでは調べがついている　棗の実をつまんで笑っているだろう

一日だけの　一目惚れの探偵は
リール街の森有正が教鞭をとっていた東洋語学校から尾けてきた
馴れない坂町の尾行は　骨が折れた
靴は水びたしになるし　さんざんに動物の糞を踏みつけた
バルバラは一度も振りかえらなかった
シテ島の地下が　七十年ぶりの大洪水でさわいでいるというのに
バルバラという名まえなんて

この国では　ざらにころがってる名まえさ
日本で言えば　カズコ　ヨシコ　タエコ　ハルコ　チエコ　そんなところだろう
骨相から見れば　ザクセンがまじっている
右の眼の下に　小さな疣が隆起していて
ときどき　薬指でおさえていた
薬指の爪のさきが　きらめく

「友だちと出会う場所」のマダムは
今日は　これで　店じまいさと　札を裏返しにいった
キダムとアレクサンドラに別れの挨拶をし
バルバラの家のまえの改築現場をのぞきこんでみた
工事場の暗い一隅で　さっきの若い削り屋（はつ）がごそごそしていた
なんて　仕事のスピードがのろいのだろう
おい　貸してみな　トンカチ一梃　タガネを一本

えい　いまいましいパリの中産階級
二十五年前だったか
大阪湾の中山製鋼所の溶鉱炉のそばで

二日二晩　ぶっとおしで削り屋をやったことがある
十本の指が血まみれになり
三日目の朝　目のまえがくらくらして　意識不明になった
ガブリエル通りで　削り屋の真似ごとをするなんて　えい　えい
バルバラは来ない

第一連後ろから二行目の「削り屋」は、日本でいう左官であろう。「カフェ」にはほとんど客はいない。この連の最終行に「バルバラは来ない」とある。「カフェ」で待ち合わせているではなく、ストーカー的な追いかけであろう。第三連二行目の「それが」は、接続詞で意外性のある逆説がつづく。この連の一行目の「かき消えた男」は、語り手のことのようだ。第四連四行目の「重信房子」は、日本赤軍の最高幹部であった。ハーグ事件の共謀共同正犯として有罪となり、懲役二〇年の判決を受けた。彼女はネガティブな部屋の暗喩である。第五連一行目の「バルバラ」は、三行目で「中国茶の時間だろう」とあるので、待ち合わせているのではなく、無視されている。第六連一行目の「一目惚れの探偵」は語り手のことで、自身の「バルバラ」の尾行についてである。最終連四行目で、語り手は「削り屋」をやっていったことを明かしている。やり手の「削り屋」であったという。「カフェ」の客にも「削り屋」がいたことで、この場所に親近感をもったようだ。

最終行までできても、「バルバラ」は現われなかった。「待っている」だけなので、ストーカーではない。「一目惚れ」を楽しみつつ、カフェの雰囲気も楽しんでいるのである。男女を問わず、気に入った相手を追いかけたくなるのであるが、それは詩編の中だけにしなくてはならない。

一瞬のサルトル

ピアノ曲がながれている
住所不明　住居人の表示がない
重いドアの前に立ちつくし　耳をすます
ショパンだ

独りのサルトル
ほとんど盲（めしい）におそわれている
大きな頭蓋が振り向く　いま　何を直視したのであろう
意思よ　坐りなさい

遠い戦場　遠い恋

一九四〇年の戦衣のにおい　便器のにおい
最初に口を切った言葉「捕虜」
ぼくは　日本の提燈行列の群衆にまぎれこむ少年だった

剝きだされた血脈の走る眼球がなまぐさい
ライトをあてる　まばたきはしない
沈黙の六〇秒　手術のメスを入れたい
何かをまさぐっている　せまい空間の島づたいに

困難な問題は　話題にはならない
だけど　話題にしなくてはいけないのだ
彼のつよい言葉を思いおこす　手が執拗にうごく
ぼくの関与したシステムでは　システムを去るときの台辞だった

モンパルナスの美しい冬空に　幾台ものクレーンが止まっている
キネ大通りの市場　野菜の原色は　なつかしいものだ
サルトルが歩いている
この地で　人生を終るらしい

明日は「無」だ
「無」だが　最期まで　創造する
創造することにおいて人間自体は力をもつのだろう
ピエール・ビクトールが口述筆記にやってくる　「権力と自由」を綴るために

時間が消えていく　党派性の中で殉教の人影がうすらぐ　ぼくの目にブハーリンがよぎる
時間が消えていく　受難の孤立者　ジュネを探しださねばならない　ぼくの隙間をうずめ
　るために
灰色の傘が一本
あかがねのバケツにぶちこんである
椅子があった　一七八二年の制作
曾祖母からもらったものだ　手にさわる
アルザスにいかねばならない
花粉がとぶストラスブールの船着場に

「権力」それは変貌して連っているのではないか
人間から人間に連り　つたわり

「最高権力」から　見えない糸屑にまで変貌をとげているのではないか
ぼくは　隣人の「権力」を見る

サルトルの部屋を　歩きまわる　何ものもない
サルトルの寝室を　歩きまわる　何ものもない
質素な小物類　固いベッド
ステッキが倒れている

　第一連では、語り手が「サルトル」の旧宅を捜しているようだ。第二連最終行の「意志よ　坐りなさい」は、「サルトル」へ意志をはっきりしろ、と呼びかけているのであろう。第三連二行目の「便器のにおい」とは、「戦場」とは薄汚れた場所ということだ。次の行の「最初に口を切った言葉『捕虜』」とは、「戦場」で「捕虜」になった空想をしているのであろう。第五連三行目の「彼」は「サルトル」である。最終行の「システムを去るときの台辞だった」の「台辞」は、台詞のことであるが、その「台辞」は二行目の「話題にしなくてはいけない」であろう。人も組織も「困難な問題」は、先送りしたいのである。

　第七連一行目の「明日は『無』だ」は、仏教的な「無」の境地を目ざしていることである。これはサルトルではなく、語り手である。ギリシャ哲学では、「無からは何も生じない」とされているが、東洋哲学では「有は無から生じる」としている。これはサルトルの実存主義というより、西田幾多郎の東洋哲学である。この連の最終行の「ピエール・ピクトール」は、フランスの哲学者・著作家のベニ・レヴィの偽名であるが、一九七四年九月から一九八〇年四月までサルトルの秘書を務めた。

第八連一行目と二行目の「時間が消えていく」とは、タイムスリップといえよう。一行目の「ブハーリン」は、ロシアの革命家で、スターリンによって右派とされ銃殺となった。次の行の「ジュネ」は、ジャン・ジュネのことで、小説家・詩人で政治活動家でもあった。ベトナム戦争の反対運動に参加、黒人自治を目指して闘うブラックパンサー党と行動をともにしたりした。

最後の連一行目と二行目の「何ものない」は、物質主義の否定である。最終行の「ステッキが倒れている」は、現代社会における実存主義あるいはサルトルの敗北を意味しているのであろう。

ストラスブールの小さな船着き場

土に還るという言葉はきらいだ
人は　ぜったいに土に還ることはない
海に溶ける日のことを忘れて地の底にとざされてしまった

死とは　水ぎわの行事であり
さんざめく洗濯場で
まぼろしの生をかなぐりすてる
人は　誰でも　水ぎわに消える石段を下りていく権利がある
ここ　ストラスブールの町の小さな船着場
水ぬるむ運河に　花粉がとんでいる
アルザスの山はかすみ
船形の棺は眠る

　題名にある「ストラスブール」は、ドイツとの国境に近いフランスの港町である。二行目の「人は　ぜったいに土に還ることはない」は、この港町が気に入っている語り手の世界観である。最終行の「船形の棺」は、小舟が棺のように見えているのである。一般論として「土に返る」とあるが、ここは港町であることからも、「水に返る」ということになる。

バルバラの夏

テアトル・ドルセイでの「扉」が　一
暗い舞台の袖の方に駆けぬけてしまった
バローという役者が
一梃の時代ものの銃をもって
終末の終末まで抵抗して立ちつくす　五
現実の夜は明るくなったが
隣の席にいたベルギー産の
ぼくの白い扉は何処へいったのだろう
バルバラは気球のように離れてしまった
マックス・エルンストの壁画の前で　一〇
孤独なビール
人生の最初の五年間の話をしたっけ
美しい人なんか居なかった
思春期は性欲とのたたかいに明けくれしていたし
抒情は結核の別荘だった　一五
そのあとは反抗の詩をかき散らした

人生の土台を文学で固める
南禅寺の細道をあるいて墓地の方にいった
紅い楓の葉は小さく
僧侶の句碑も気に入らない
ワーク・ソングをいくつかかいたが
労働の疲れは苔になって密生している
自己の詩は自己の最高の感動の表現である
大淀川の堤防の草むらで
仮眠をしたり
目ざめると　可愛い友だちの睫毛
小さな貨物駅のベンチで独り芝居のセリフに熱中していた
傑(すぐ)れた過去はなかった
目のまえに燃焼した時間だけが
またたくまに怠惰の箱に入れられて
封印の行先きを待っていた
理由なき黒旗を振る
本能化
本能教育

二〇

二五

三〇

本能化肉に徹せよ　三五
断章の彼岸に同化しえない声の沼沢地をさぐりあてる
バルバラ　批評の丘をこえよ
地中海の大鮪をたべるパーティで
屋根と張り窓と部屋の総和について話しあったっけ
ぼくは偽物建築家で　四〇
ノルマンディ地方の農家をすぐに安く手に入れる算段になっていたし
内装のペンキの色まで考えていた
颱風で倒れた欅の大木は一年間の暖炉にはあり余っていたし
番犬もヴェルテルという名に決っていた
その夏だった　四五
リジュ駅から二十キロ離れた地点で
ありふれた殺人事件がおこったのは――
フランソワーズ・サガンが懐しのシボレーに乗せてくれて　案内役だった
あの角のカフェ　銃声一発
灰色マダムが天国への階段をトントンと昇っていったのは――　五〇
季節料理をたべようと
古代人のように無数の貝をたいらげた

雨が降って　泥の海がうねり
小さな帆船は苦しげにつながれていた
貝がらを一つ、床におとして　　五五
ぼくは　コスチューム・セットをつくらない恋人が欲しい
と　きざなことを言ったが
バルバラは　ケラケラケラケラケラと笑った
刺激的だ　薬剤師だって　この笑いを止める調合には失敗するだろう
「現代詩」は短時間に盛り切るドラマのようなものだ　　六〇
パリ市五区サン・ミシェル河岸の美術商の屋根裏部屋が空いていたっけ
電話は　３２５・１８６５
キミコ・青山が大阪弁で電話ぐちに出る
ハイ　ハイ　なんでおまっしゃろ　かいな
キミコ・青山の隠れ家で　ひと夏をすごそう　　六五
午砲が鳴って
茶色のコートを着たバルバラ
今日も尾けていく
競馬にいこう
それとも自動車事故の現場を見にいこう　　七〇

ぼくは　すっかり読書にも飽きてきたし
古地図探しや　パイプ趣味にも縁がなかった
マルタ・クン・ウェバーという七十歳の不思議な人形師にめぐり会ったのは　そのときだ
人がいないリール街のアトリエ
新聞紙と虫ピンと珍しい古布ぎれに埋もれて　七五
陰茎の垂れているプレスリーを造型していた
頭の上には　マリリン・モンローが赤い舌を出して　首をくくっていたし
リンゴが痩せて　テーブルの上にへばっていた
マルタのところにいこう
消えた神経を拾いあつめるには　八〇
マルタのアトリエがいちばんの場所である
そこで　ルイ＝フェルディナン・セリーヌのような少年に出会った
観応の幅が
荒馬になって　人をはねる
バルバラ　決闘だ　八五
ジブラルタルの海に出かせぎにいっているあの男を　そんなに想うなんて
ぼくは　旅券を捨てるよ
大げさじゃない

国家から国家へと
たらい回しにされたって　　九〇

この詩については一行目から五行ごとに行番号を付けてある。この行番号で解説してゆく。題名の「バルバラの夏」は、愛人の「バルバラ」と過ごした「夏」ということである。冒頭の「テアトル・ドルセイ」は、「ドルセイ」という劇場である。八の「ぼくの白い扉」は、愛人の「バルバラ」のことである。一二の「人生の最初の五年間」とは、恋心をもつようになってからということであろう。一五の「抒情は結核の別荘」とは、感情的になることは病なのである。一七の「人生の土台を文学で固める」は、詩人を目ざしたことを言っている。

一八から「南禅寺の細道」に場面は変わる。二〇の「僧侶の句碑も気に入らない」は、恋の場にはふさわしくないのである。二四からは「大淀川の堤防」となる。二八の「傑れた過去はなかった」は、恵まれた生活ではなかったということだ。三七の「バルバラ　批評の丘をこえよ」は、バルバラに語っているのではなく、自分自身を叱咤しているのであろう。四一からは「ノルマンディー地方」での話となる。五六の「ぼくは　コスチューム・セットをつくらない恋人が欲しい」、と言ってから、次の次の行で、「バルバラは　ケラケラケラケラと笑った」とある。「バルバラ」はコスチューム・セットが好きなのである。六〇では「『現代詩』」について語っているが、語り手は詩人であることを強調しているのであろう。八三の「観応の幅」の「観応」は、「感応」のことで、外界からの刺激で心が深く動くことである。八五の「バルバラ　決闘だ」は、次の行の「あの男」との「決闘」である。八二の「少年」に性的刺激を受けたようだ。しかしながら、「バルバラ」への思いは断ち切れない。最終行から二行目の「国家から国家へと／たらい回しに」は、バルバラを追い回すということである。

　フランスや日本のいろいろな場所での情景や営みや感懐が語られ、そのなかで「バルバラ」の人物像がイメージされてくる。「バルバラ」への恋心が人生の鬱積を払っているのだ。この詩の題名は、詩集の題名にもなっていることから、詩集の代表作の一編である。しかしながら、内容は軽妙でコミカルである。長谷川龍生にたいする反逆的や逆説的な社会主義者という硬派のイメージを、打ち消す役割をになっているのであろう。

一篇の抒情詩をつくるための風

いつの頃から
他者の街をあるいているのだろう
キエフ　プラハ
ボン　デンバー　東京

あるきっぱなしで　寒い夜明けがくる
木々の芽ぶき
草花のすがたに思いをかけることはない
ましてや小鳥の鳴き声
なつかしい硝子までなど
心にしみいるものは何ひとつとしてない
他者の街をあるいていて
風にはたかれ　ふわりと逸れる
顔をそむけて　細い影法師になり
逸れてから　せまい路地に入る
先は　いきどまりで
知らない人間の名の表示と　柵に会い
目がさめたようになって
ひきかえす　悪い時代
根元的な「自由」を得るためには　もっとも不自由な身を　衆人環視の光に照射しなければならない

いつの頃から

他者の世界に身を置いているのだろう
他者の街をあるいていて
罠に躓く
躓いてから　心の崖を落下する
公園も　学校も　停車場も
人間のあつまるところは　危険信号
吐き気　目まい　身ぶるい
きざまれた時間の足が　場を占拠している
あがき　目ざめる　這いあがる
きょう一日を　生きよう
他者とおもいがけなく突きあたったとき
ほんのとるに足りない事件でも　通り魔の殺意をわすれてはならない

水呑み場の噴水の下を
春かぜのあとに
自己が吹きぬけている
古い手すりのこわれた跨線橋（こせんきょう）の上を
冬の気配のあとに

自己がひと足ひと足わたっていく
確実なことは　足の裏の地に吸いつく乾いた感触だけである
パリ　モントリオール
カサブランカ　セレスタ
風景は　すべて遠く
連帯の感傷など　さらさらにわかない
きょう一日を　あるこう
神経の尖端を　虫の生活の実感にまで高めなければならない

なぜ　他者の街をあるいているのか
異物を呑みこみ
消化しているからだ
なぜ　詩を発するか
人間群像ことごとくを仲間とは思わず
異化動物と断じているからだ
遠景においても　近景においても
「想い」と　その背後に消されている「策」をとらえよ
日常の寸感を切って捨てよ

古典幻想に帰らんとする修辞の歌の舟を沈めよ
人間だ
馴染む人間　馴染まない人間
ことごとく　目と心の網に蔽いをかけろ

他者の街をあるいていて
いつしか年月がたち
耐えがたい生がのこされている
五十歳をこしても
ペシミズムを本質的に除去する可能性の認識をもったことはない
他者の街に革命がおこっても
下積みにされていた人間が解放されても
自己の心の蕊に
不信の地下水が再び噴きだす
他者の街をあるいていて
ボロ布一枚になった自己が離陸しようとする
何処へ
一つの確証ある次元の空

群像の目に見えないが
自己だけが知りつくしている直感と　血の匂い

人間が何を考えているか
「策」を消して　言葉を飾っているか
耐えがたい生の水ぎわを　さまよう
さまよいながら
死者への強飯をさらっていく
橋が　空間に架かっている
現実の虹の光景を下の方にながめて
晴れた日でも　曇り空の日でも
その知的純粋の橋をわたらねばならない
歌に帰るな　古典に帰るな
過去に生きる部分を　きょうの日常性に置きかえる情緒性は　刹那的なものである
いまの群像の焦点は　その刹那以外の何ものでもない
イージー・リスニングの日常を切れ
日常に埋没する自己を　詩から遠ざけよ

橋を発見するまで
他者の街をあるきつづけよ
橋を発見するまで
いたずらに日常の詩など　かくな
幻影ではない
自己が　いまわしい群像をこえて
たった一人でわたらねばならない現実の橋である
勇気と　反勇気
栄光の獲得と　栄光の拒否
その橋をわたりながら
詩の発想の雨にうたれる

「数」の一単位になることを　怖れよ
権力構想の一端の疣（いぼ）のような存在票を持つことを　怖れよ
「数」の意識は　埋没　集散をあらわにし
「数」の一単位は　吸いよせられる
吸引機構の中の一点の末路を　怖れよ
断念の輝き　断絶の思考　詩は波状の砂となって　権力に対抗する

他者の街をあるいていて
立ちどまる
東京に隣接しているリトル東京
すべて他者の街の私有資産だ
心にしみいるものは何ひとつとしてない
他者の街をあるいていて
西暦二二〇〇年の大沙漠だ
藻の化石は　あたたかい
すがるのではない　かざすのだ
日常の感性をおさえて
藻の化石の実存を武器とするのだ
もはや　それは遺された一本の藻ではなくなり
自己の肉化の底に育つ　鋭い岩だ
ひらかれた世界も　閉じられた世界も
きょうこのときの一瞬に
包みこまなければならない
二つの世界の限界に目をさまし
一篇の抒情詩の斧の力を自己のものにする

そのときまで
他者の街をあるきつづける
風にはたかれ　ふわりと逸れる
自己が消える　風景の底に溶けることなど
だれも知らない

題名の「一篇の抒情詩をつくるための風」の「風」は、作風や作法の意味もふくんでいる。詩作のために世界・日本の各地を渡り歩いた経験をベースにしているといえよう。

三行目の「キエフ」は、ウクライナの首都で、ウクライナ語での読みは「キーウ」である。一一行目の「他者の街」とは、詩作のために訪れた未知の街のことである。次の行の「逸れる」は、一般的な道から外れることだ。この連の最終行の「根本的な『自由』」とは、好き勝手にできることではなく、「自由」と秩序が両立しての自在性であろう。「不自由な身」になって、そういう「自由」を思い知ることになる。第二連二行目の「他者の世界に身を置いている」は、主観の視点を消し去っているのである。最終行の「通り魔の殺意」は、衝動的な一撃であり、「他者の街」ではそれなりのリスクが潜んでいるということだ。第三連七行目の「足の裏の地に吸いつく乾いた感触」からは、場所ごとに独特の感触があるということだ。後ろから三行目の「連帯の感覚など　さらさらにわかない」は、民衆の活動が見えてこない、ととれる。第四連二行目の「異物を呑みこみ／消化しているからだ」とは、異文化を感得しようとしているのである。五行目の「人間群像ことごとくを仲間とは思わず」とは、他者の街の人間は、そこの歴史と文化に根ざしているということである。前の行の「なぜ　詩を発するか」は、文化や民族の違いを明白にするためだ。八行目の『想い』は文化的なもの、『策』は政策的あるいは政治的なものととれる。次の行の「寸感を切って捨てよ」は、気まぐれな主観にこだわるなということだ。第五連最終行の『直感』は、西田哲学の〝知的直観〟とほぼイコールである。〝知的直観〟とは主観でも客観でもない主客未分よる認識のことで、実在や実態の真相を直視できるという。第六連二行目の「『策』を消して　言葉を飾っている」とは、方策の工夫をせずに、言葉でごまかしていることだ。第七連一行目の「橋を発見する」の「橋」は、社会や人の問題に光明をもたらす詩法と考えられる。

第八連一行目の「『数』の一単位になる」とは、大衆に迎合することである。一〇行目の「他者の街の私有資産」ということは、その街としてのオリジナリティがないということだ。一三行目の「西暦二二〇〇年の大砂漠」は、街が砂漠と化しているということである。地球温暖化を予期していたともいえる。次の行の「藁の化石は　あたたかい」は、藁は単純な生命体であるが、化石となっても息吹が残っているのである。一七行目に「藁の化石の実存を武器にする」とは、「藁の化石」には詩的な生命が宿っているということであり、そこからの再出発である。二〇行目に「ひらかれた世界も　閉じられた世界も」とあるが、「ひらかれた世界」は自由主義圏、「閉じられた世界」はスターリン的な社会主義圏や原理主義的なイスラム圏とも考えられる。最終行から六行目の「一篇の抒情詩の斧の力を自己のものにする」については、語り手の詩人はモダニズム詩の第一人者であることから、なぜ「抒情詩」なのかということになる。モダニズム詩は近代社会の実態や人間の深層意識の暴露と、そこにある問題を克服する新しい世界観の創出であり、「抒情詩」は主観にもとづく浄化されたあるいは芸術的な境地の創出である。西田哲学によると、客観的な認識は判断が加わり二次元論に陥りやすいなどの弱点あることから、実在の認識は主観と客観の未分離である意識により果たされるという。この哲学からは、モダニズムに抒情が加わることで、経験のもとづく実態認識が実現でき、詩的な創出が図られるといえよう。最後から二行目の「自己が消える」は、西田哲学の主観でも客観でもない主客未分の境地といえよう。主客未分の〝知的直観〟により物事や出来事の認識を進めた上で、それを詩に織り上げるのである。

聖の日

遠い海にかえりたい
たとえ人間は見えなくとも
唯一の知なる「有」の凄まじい水櫓（みずやぐら）の立つ

水源の領域に沈みたい
そこではじめて一頭の野牛は
優しい垂直下の死にめぐりあい
自由な藻にくだけて泡となるだろう

職業紹介所の固い長椅子によりかかり
終日まどろんでいると
いま　正確な時間は　何時ですか
と　問いかけてくる老人がたくさんいた
目のまえの壁に　電気仕掛けの大時計が張りついているというのに

脚を組みなおして
つぎのまどろみに入る
この書類は　どのように記入しますか
と　話しかけてくる老人がたくさんいた
テーブルの硝子板の下に　細かい要領の記入サンプルが挟まれているというのに

目をあけているのかもしれない

他者には　このまどろみの窮地がわからない
ちょっと　煙草の火を貸してください
面接番号は　なん番になっていますか
と　すりよってくる老人がたくさんいた
扉のそばには　案内係官が居坐っているというのに

終日のまどろみの中に
いきずりの老人たちが　どれだけ親しい声を投げあたえてくれたことか
こんなうれしい「聖」の日はない
人間を拒否しているのに
人間が打ちよせる

遠い野牛　遠い海
記憶は　土の復讐におびえていた
血を点々としたたらせ
一頭の野牛が砂をかぶって倒れている
未来の海のとどろきは
無数の蠅の羽鳴りに変っていた

硬直した耳の生毛が
風にすくわれて
この身の「存在」の丘に舞う

一行目の「遠い海にかえりたい」ではじまる。この詩句から四行目に出てくる「野牛」は、語り手の分身といえる。第二連四行目の「問いかけてくる老人がたくさんいた」からは、社会は老人で溢れている、のである。次の連の四行目の「話かけてくる老人がたくさんいた」とは、人との交流も求めている老人で溢れている、ということだ。第五連三行目では、「こんなうれしい『聖の日』」と語っている。老人同士に連帯感を確認できたことを、嬉しく思っている。最終連四行目で「野牛が砂をかぶって倒れている」とあるが、それでも「存在」感を誇示している。「野牛」は他者を食いものにしない草食獣の王者でありたいのである。語り手の「存在」とも重なっている。

詩人に成りなさい

雨傘を一本もち
小さな古い鞄をさげ

路地を曲ったのは
青年のなかに住みこんでいる少年が
うしろから突きとばしたからだった
いま　きみに言えるのは
「狂気」を意識化して
「正気」の存在をたしかめる
たった　それだけのこと
詩人に成りなさい
青年のなかの住みこみ少年が囁くのは
たった　一度だけのこと
路地を曲り
名もない崖をころがりおち
日常のぼんやりした出札口を振り切っていく
そんな場所には
「ナガイフル　その子アヌンドのために　この橋を架ける」とか
「母　その独り子のためにつけたる道」とか
「イグルとその妻ウラのために堅牢に造られたる扉と梯子」とか
古代文字のある風景があった

そんな橋をわたり
そんな道をいきすぎ
そんな扉をたたいたり　梯子をかけてのぼりつめ　躍りだした荒地が
ささやかな私有地だった
そこで　空中舵のような耳をもつ
詩人に成りなさい
一ぴきの敏捷なディンゴが遠い岩に見えるだろう
もう　ひきかえすことはない

四行目の「青年のなかに住みこんでいる少年が」とは、深層意識にある「少年」の心が、意識上に立ち上がってきたのだ。「青年」と「少年」の違いは、前者は社会通念に従うということだ。七行目の「『狂気』を意識化して」は、シュルレアリスムであり、次の行の「『正気』の存在をたしかめる」の「正気」は正常というよりは、常識的ということである。二〇行目に「古代文字のある風景」とあるが、一六行目からは古代ギリシャの物語のような場面が語られる。その場面に呑み込まれることは、詩人な成ることなの

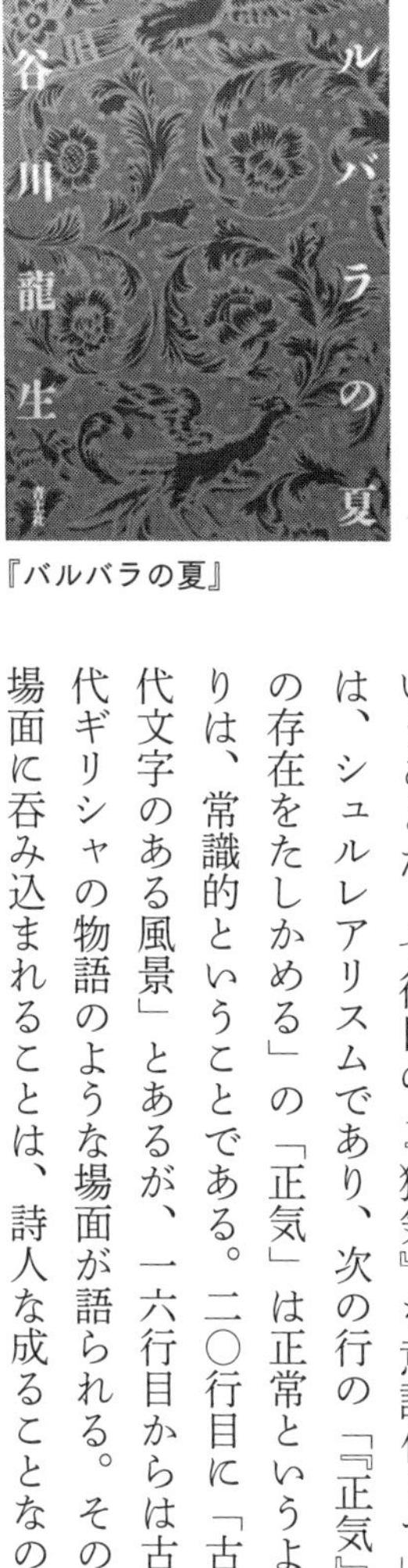

『バルバラの夏』

である。最後から二行目の「ディンゴ」は、狼より小型なイヌ科の動物である。「ディンゴ」が「遠い岩に見える」とは、芸術的なオブジェに見える、といことだ。詩人の心や目が備わったのである。

《参考文献》

長谷川龍生：バルバラの夏、青土社、一九八〇

三―七　『詩画物語「魔」　椎名町「ラルゴ」魔館に舞う』

題名にある「ラルゴ」は、西池袋エリアにあったモンパルナスと呼ばれたアトリエ村（貸し住居付きアトリエ群）内のアパートのことである。モンパルナスには詩人・画家・音楽家などが住んでいた。この詩集の「あとがき」に「ラルゴ」魔館の説明がある。

一九八〇年の二月五日から、師走の二三日まで、私は椎名町のラルゴ魔館に住みついていた。

正式には「ラルゴ館」であるが、「魔」はあえて私がつけたものである。

ここでの生活体験の手記のような詩編である。この詩集は、赤瀬川原平の絵が挿入された詩画集となっている。

なぜ、家出をしたのですか

たった独りで　長時間　ジェスチアをしたかった
包丁を片手に蛸一匹まるごと早朝から食べなければならない
三人の男がうかびあがった　肝臓の上空をとぶ　血の沼だ
全身の皮膚を介癬（かいせん）病みのようにぼりぼり掻きまくりたかった
さむい岬　末路の侵入口を見つけたかった
こつこつと働く男ありて　自由に　発狂はつづく

管理社会に耐えかねて家出したのだ。三行目に「肝臓の上空」については、「肝臓」に「上空」はなく、シュルレアリスムである。「肝臓」のような空間ということであろう。発狂したかのようにふる舞っているが、そうではない。ストレス社会でのストレス解消なのであろう。

椎名町「ラルゴ」魔館、風通しの間

たしかに　二人のうめき声がきこえる
ときどき咳　渋茶のすする音が立ちのぼる

二〇数年まえ
同時に　その部屋から

二人の棺が搬び出された

男性は八十二歳　女性は七十九歳
五月の柿の老木の下で　艶気の降るがままに立ちつくす
十一月　枯葉を燃やして　灰をたたく
妊娠している女郎蜘蛛が九匹　店を張って見ていた

語り手の詩人の部屋のどこからか、「二人のうめき声」がしてきた。二〇年前に住んでいた老夫婦の声のようだ。後ろから三行目と次の行は、老夫婦のというより、語り手の行為を語っているのであろう。霊的な場面となっている。最終行の「女郎蜘蛛が九匹　店を張って」は、巣を張ってということである。「ラルゴ」は魔館であるという先入観から、亡霊の声が聞こえてくるのかもしれない。

官能

ふと　襟をひっぱる
ふと　髪の毛を三すじひっぱる
うしろを向いても　だれもいない
いたずらしなさんな　妄執の冷気よ
何かがあった　惨劇のあとくされ
向う三軒両隣りの耳と目が　詩人の儀式をうかがっている
床の下の数個の死体よ
いま　シャベルをもって掘ってやる
紙の薄さの　はかないやさしさをもって

冒頭の二行では、「襟」と「髪」を、ひっぱられた気がしたという。それがある種の「官能」としている。六行目の「向う三軒両隣りの目と耳」は、周囲の住民が、詩人である語り手の様子をうかがっているのだ。次の行に「床の下の数個の死体」は幻覚である。語り手はさまざまな不信感から妄想に陥っている。最終行の「紙の薄さの　はかないやさしさ」とは、儀礼的な「やさしさ」である。

椎名町「ラルゴ」魔館、二号室

たったいま　その場から　人が気化した
茶卓の上に　割箸が棄てられ
皿の上に　水菓子が干からびている

端切れで縫いあわせの
座ぶとんが二枚
向いあわせに斜めになって
男と女が坐っていた
そこだけが　塩になって濡れている
そそくさと作った仏壇　ミニチュアの卒塔婆が傾いている
古式便所から　二〇年まえの匂いが湧いている

一行目に「人が気化した」とある。人が居たのではなく、気配を感じてのことである。かつてこの部屋の住人であったであろう老夫婦が、亡霊となって住んでいるようだ。昭和の畳の部屋の様子が、そのことに呼応している。

四人組

さあ　裁判をはじめよう
張春橋の目つきを真似してごらん
じっと下から　かたくなに怨みをこめて
怨みをこめ　怨みをこえて
相搏ちの彼岸に至る
時間がほしいと思わないが　長い時間が毛沢東を決定する
張春橋の目つきがさらされている
真似した目つきを潰せ
鏡を割れ

題名の「四人組」とは中国の文化大革命を主導した四人組のことである。学生であろう仲間内で、模擬裁判をやっているのである。二行目の「張春橋」は、一九七六年に四人組として逮捕され、党内外のすべての職務を解任された。三行目の「怨みをこめ」は、裁判中の張春橋の様子である。五行目の「相搏ちの彼岸に至る」は、「張春橋」と傍聴者との視線のぶつかり合いである。次の行の「毛沢東を決定する」は、毛沢東の功罪を明らかにすることである。後ろから二行目の「真似した目つきを潰せ」は、文化大革命への民衆の怒りである。「ラルゴ」魔館と文化大革命との関係は、不気味な薄暗さにあるといえよう。

温度

「温度」が発生している
詩には　その詩人のもつ人格の「温度」が噴霧する
人格のどのユニットから粒子が現れるか
自身をふりかえる
皮をめくり　皮をなめし　皮をすてる
量体感覚だけがずっしりとうずくまっている
量体の存在の認識
喜怒哀楽に滲みた細胞を削りおとす

一行目の「『温度』が発生」は、エネルギーである。二行目の「人格」は、人としてのレベルのことである、次の行の「ユニット」は、道徳やヒューマニズムや自制心などであり、「粒子」は〝詩の言葉〟であろう。詩人は言葉に人格を込めて発信しているのである。後ろから三行目の「量体感覚」は、本心ということであろう。最終行の「喜怒哀楽に滲みた細胞を削りおとす」は、詩的な〝無の境地〟である。「ラルゴ」魔館は、人格を磨くところともいえる。

モネ

モネに　さわる
光と水が指のあいだからこぼれた
ステッキに　ふれる
石だたみをつきとおしている
観念に　合わせる
セーヌの水源に手をいれて　水草の匂い
目をあけて　ねむっている
目をとじて　さめている
モネ　いつしか　おまえに還る
横断歩道のチャイムが鳴っている

三行目に「ステッキ」とあるが、晩年のモネが連想される。五行目の「観念」とは、光の画家という「観念」といえるが、二行目の「光と水」からは、モネの水連の絵がさまざまに浮かんでくる。最後から二行目の「モネ　いつしか　おまえに還る」は、モネの達観した境地への憧憬である。最終行の「横断歩道のチャイムが鳴っている」は、世俗の感覚に戻るように促されているようだ。

冬物語

カーペットの下に　新聞紙を敷く
窓硝子に　新聞紙を張る
ふすまのすきまに　新聞紙をこじ入れる
床の穴に　新聞紙をまるめて突っこむ
皿と　スプーンを新聞紙の上におく
凶器の電話器を新聞紙でかくす
トイレに　新聞紙をひろげる
こわれた石油ストーブを新聞紙でつつむ
背なかに　新聞紙を着る
アカハタ　公明　社会新報　朝日　とんでもない
秋田さきがけ新聞だ

冒頭の「新聞紙を敷く」から、「張る」、「こじ入れる」、「突っこむ」とつづく。冬期の暖房を、「新聞紙」で確保しているのである。最後から二行目で、その「新聞紙」は、「アカハタ　公明　社会新報生活に朝日」などである、という。情報の発信源を防寒に使用するほど生活に余裕がないのだ。同じ行の「とんでもない」は、政治色の濃い新聞を使ったことに、自分を責めている。「ラルゴ」を魔館にしているのは、住民なのかもしれない。

過去七仏

あなたたちは　どこにいたのですか
釈迦は　わかっています
毘婆尸（びばし）　わからない
尸棄（しき）　行方不明
毘舎浮（びしゃぶ）　住所不定です
倶留孫（くるそん）　どこからのあぶくか
倶那含牟尼（くながむに）　漂白から漂白に消えた
迦葉（かしょう）　往き倒れの果てか

木の根を割っていくと、蟻のように仏陀が連なっている

胴亀の首を切りおとす　仏陀の個だ

題名の「過去七仏」とは、釈迦仏にいたるまでに、釈迦をふくめて七人の仏陀が登場したとされ、その七仏のことである。一行目の「あなたたち」は、「ラルゴ」魔館の住民のことである。二行目では「釈迦は　わかっています」と答えているが、他の六仏の所在についてであり、この釈迦は語り手の詩人、と考えられる。あとの仏は　行方知らず、である。一行目は語り手の自問といえる。七仏に「ラルゴ」の住民をあてはめている。最後ろから二行目の「蟻のように仏陀が連なっている」は、「過去七仏」という仏説が、「ラルゴ」魔館のように得体が知れないということなのであろう。最終行の「胴亀」は、スッポンの別名である。同じ行で「仏陀」は単なる「個」になってしまう。「ラルゴ」では「仏陀」もただの「個」でしかない。「ラルゴ」という魔館は、そういうところなのである。

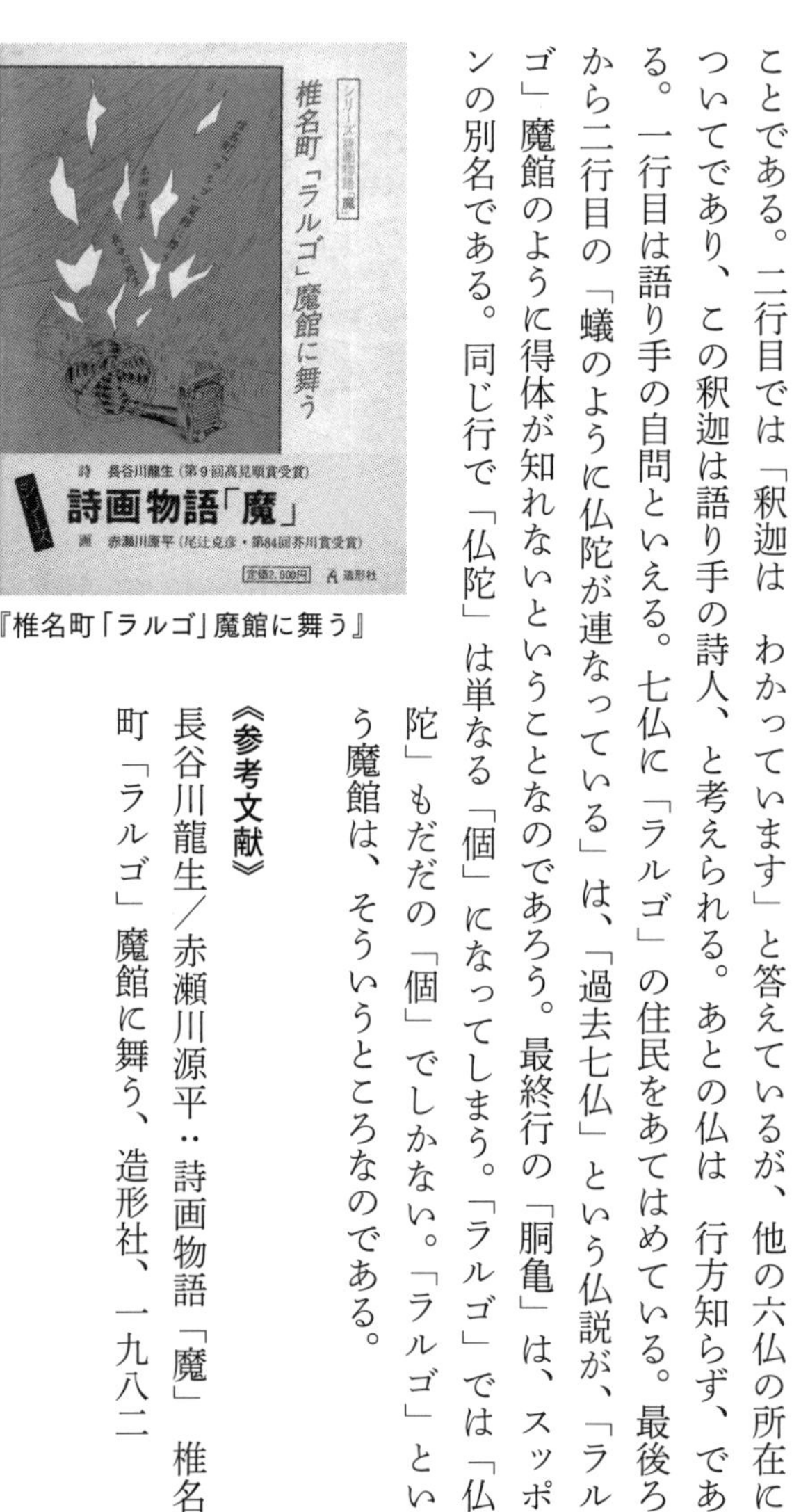

『椎名町「ラルゴ」魔館に舞う』

《参考文献》
長谷川龍生／赤瀬川源平：詩画物語「魔」椎名町「ラルゴ」魔館に舞う、造形社、一九八二

三―八　『知と愛と』

あ　ちょっと待ってください

学校に登る時はいつも道草だった
焦っても焦っても　いきつかない
少女は授業中にもじもじと教室に入る
学校から下るときはまっしぐらだった
ころんでも　砂をかぶったまま
門扉に体当りし　玄関の間にかけあがる
おかあさん　ひと声叫んだ
おかあさんが居ない　消えている
次の間をあける　次の次の間もあける
応接間にとびこむ　台所の間をぬけて
納戸もしらべる　仏間を無視してとおりすぎ
冷えた長いたたみ廊下を走って
奥の間をあける　居ない　消えている

奥の間のつぎの化粧の間の姿見には
千羽鶴の絹地がうごかない
赤いランドセルも　紙挟みも投げうち
逆もどりに　一つ一つの間を縫っていく
またひと声　おかあさん
冷気が頬をなでる
家じゅうのにぶい光の家具が見つめている
数日まえまで居た人が
今日は消えている

袖をつかまえよう　つかまえよう
そんな呼吸づまる悲しい夜の夢を
いつも寝汗をかいて見るの　と　その女は言った
目じりに　小さな黒子が一つうかび
おかあさんの若かった寿命よりも
幾つか年波はこえているというのに
あ　ちょっと待ってくださいと

ぼくは言った
待ってください　待って
あとは　沈黙になった

学校に登るときはまっしぐらだった
誰よりも朝早くきて　机の中を整理する
運動場にとび出る　鉄棒につかまり　肋木に足をかけてのぼる
学校から下るときは大道草を喰った
曲りに曲って　夜になっても家に帰らない
曲りに曲って　他人の家の植込みにかくれている
家には　おかあさんなんか
幻にも存在しなかった
少女が　納戸をしらべ　仏間を無視してとおりすぎ
冷えた長いたたみ廊下を走っているとき
その右がわのくぼんだところに
身ひとつの隠し戸があったのを知っていますか
まいにち　まいにち　夢のくだりでも気がつかない
少女の目は　おびえきっていて

なん十年も　いまでも
その隠し戸が外がわに　ぽんとひらくのを知らなかった
その細身の隠し戸の向うがわの庭土の上に
曲りに曲って　どこからか迷いこんで
そこがいちばんいいと決めた一人の少年が
いつまでも　棒になっていた
全身が耳になり　他人の家の音をきいていた

少女が狂ったように走る
しおしおと肩を落してあるいてくる
藤づるが揺れる
猫が木から屋根にとびうつる
心臓を氷らせ
呼吸をときどき止めては立っていた
そこまできて　ぽんと　隠し戸を蹴りあげればいいのに
うつつでも　夢でも　その細身の戸に気がつかない
鉛のように疲れてきた
二本の足が象の膝の重さになり

古びた手風琴のようにちぢまり
そのまま　押しつぶされて
二枚の　ぶあつい象のあしあとのかたちに
変り果ててしまった

その少女は　駈けてくる
赤いランドセルを揺さぶって
まっしぐらに下校してくる
ちょっと待ってください　待って
右がわの隠し戸に右の手が触れれば
そこに　夢から別れるもう一つの道が見える
その右がわのくぼみに気がつきますように
そこまできて　体重を右肩に傾ければ
ぽんと　外がわにひらく
雨にうたれた二枚のあしあとだけになっていても
そこに　少年はたっている

第一連は少女の母親が突然、失踪したことを知った場面である。第二連三行目の「その女は言った」の「女」は、大人になった、第一連での少女である。この連の後から二行目に「おかあさんの若かった寿命よりも」とあるので、失踪ではなく、亡くなったようでもある。第三連一行目で「あ　ちょっと待ってください」を言って、話しを遮っているが、ここから語り手が学童のときの、不運な想い出が語られる。第四連七行目で「家には　おかあさんなんか／幻にも存在しなかった」と明かしている。人はそれぞれに不幸なあるいは怪奇な過去を、往々にしてもっているといえよう。一七行目において「その細身の隠し戸の向うがわ」に、少年が潜んでいた。この連の後ろから三行目の「一人の少年」は、語り手である。謎解きのような詩であるが、誰もが自分だけが被害者だと思っていることを言いたいのだ。

世界が、眼くばせ

ブレーズ・パスカルに似通った男が
ときどき望遠鏡をのぞきこんでいたとき
ジェームス・ジーンズ卿に似通った男が
レンズの曇り工合から　目をはなした
似通った二人の男とも

厭世家のぼくの心に棲みついている
いったい　レンズの向うがわに　何を見つづけているのか
それは　世界が眼くばせをするのを狙い待ちしているのだ
世界が　眼くばせしたら
ぼくはさっそく変装オジサンになって
戸口までいき　階段を下りていく
何が　どのように　そしてなぜ
何が　どのように　そしてなぜ
そんな疑問をブツブツ唱えながら
レンズの中の眼くばせした事件を唯一の謎として
星の町の私立探偵になるのだ

ユーラ・パリスキーに似通った男が
〈石炭袋〉をかかえて
街かどに立っている
闇ドルを2倍に交換すると
小声で言った
銀河の核点で

何んの爆発が起っているのか
渦まきの外の端っこで
毛皮外套が風にあふられている
ボブ・トスキのゴルフスクールはどこにあるのでしょうか　もしもし
世界が　眼くばせをしたら
体じゅうの脂肪がかゆみをおぼえる
ヘリウムが二つの顔をもつように
江戸の町を荒らした七福神盗賊の一味に加わり
手袋の中に実感をさがす
空かける思いつきの眼くばせした方角

　題名「世界が、眼くばせ」の「眼くばせ」は、目つきで知らせることである。第二連六行目に「銀河の核点で／何んの爆発が起っているのか」とある。何らかの宇宙現象が、地球上の世界に何らかの変動がある、と知れせているのである。戦争、金融危機、オイルショック、パンデミックスから地球の温暖化と異常気象まで、さまざまな変動が起こっている。日々身構えていることが求められているのだ。

カルカッソンヌ霧駅

霧駅に下車したとき
そのまま　つんのめって倒れるであろう
深い夜の予感におびえつつ
ほんとうの詩は人間を困難にする
パウル・ツェランの入水をおもった
一人旅は究極の逃亡である
警官の眼が終札口で光っている
まだ見ない中世の遺した土カビのただよい
城郭都市は　灰褐色に燃えている

詩の全行は　すべて異教である
隠者に成り切るには　時間はかからないだろう
はるか十字軍の痕跡を
踏みかためる仕事でたどりついてしまった
この霧駅は　すみずみが空洞で
北アフリカからの失業者は屯していなかった

静かな埃りと塵が網膜にちらつく
いまでもくすぶっている僕のアルビジョア党派
異端は根絶されるという恐怖
霧をふくんだ草が膝をなでる
案内する一つ一つの捨て石にみちびかれ
城の刎ね橋のありかを探した
存在がわからなければ　暗喩もわからない
テキストそのもの　言語を見つめ
言語のすきまにしたたる血の匂いに従う
南フランスの田舎をあるいているのも詩的現実だ
詩的現実の戒律の中にひたすらに生きる
帰依者ではない

詩　自体がうごいている
詩　クォークそのものである
現実には見えないが　物質の底に在る
ほんとうの詩は生活を困難にする
ペーター・ソンディの入水をおもった

あるく　あるくしかない
詩的現実をひたすらにあるく
衆生の愛は吠えているが　氷柱の脚
衆生の受容性を　切りすてて解放する

定義　それは光である
光は変幻し　他者の眼前にあらわれる
織物をすかす一条の光芒(こうぼう)
声にさそわれるな　光子をたどれ
簡易宿泊所のベッドで朝をむかえた
一人旅は無限の亡命である
遠くまでやってきた四谷愛住町の躁鬱(そううつ)ルネッサンス
誰もいない劇場あとで　手足をうごかせ
先立つ術が　エネルギーをつくる

このひと握りの頭脳には
多くの人々がひしめいている
言葉の権力が交錯して　切りきざむ

見とおした果ては　沈黙の野でしかない
野を探りあてて　ときめきを発見する
この城郭都市に何があったかを記憶し
何かが起こるであろうかを確実に予測してしまうときめき
時間と空間が　集結する

霧駅に下車したとき
そのまま　つんのめって倒れるであろう
倒れたまま　とうとうたどりついた
眼前に荒々しい入信の駅が横たわっていた
ほんとうの詩は宇宙を歴史にする
世事の粒子は砕けて　さらに小粒子になる
ねむることはない　入水することはない
詩的現実に直入せよ
鏡の奥底に双手を入れて
そのまま　すっぽりと　首を振りかえらない

「カルカッソンヌ」はカルカソンヌとも表記される。カルカッソンヌがどういう場所であったかを知らないと、社会的なテーマを掘り下げるといった読解は困難であろう。カルカッソンヌはフランス南部の都市で、古代ローマ時代に建設された城塞都市でもあった。一三世紀、この地域で盛んだったアルビジョア派は異端とされ、ローマ教皇の呼びかけで十字軍が結成され、カルカッソンヌは攻撃された。独自の文化を誇った南フランスは、この十字軍による二〇年間におよぶ戦乱で荒廃し、フランス王の支配下にはいるにいたった。フランス国内ではモン・サン＝ミシェルに次ぐ年間来訪者数を誇る一大観光地となっている。十字軍はイスラム教の支配域を攻撃しただけでなく、異端のキリスト教をも征伐していたのだった。

この街は受難とは何かを語りかけてくる詩的風貌をもっている。第一連二行目の「つんのめって　倒れるであろう」は、悲劇の歴史を背負った中世城塞都市の重厚さに圧倒されてのことだ。五行目に「パウル・ツェランの入水をおもった」とあるが、「パウル・ツェラン」はドイツ系ユダヤ人で、戦後のドイツ語圏詩人の代表的存在であり、二〇世紀を代表する詩人の一人とされている。一九七〇年、パリのセーヌ川で遺体が発見され、自殺とされた。詩が目ざす正義と現実のギャップに苛まれてのことだ。第二連一行目の「全行は　すべて異教である」は、日常の言葉は散文であり、詩は韻文であり、詩には観念的なことを突き崩すパワーがあるということであろう。八行目に「アルビジョア党派」が出てくるが、「アルビジョア派」とは、異端とされたカタリ派の地方的呼称である。「僕のアルビジョア党派」とは、語り手の詩人は被害者の側に立っていることを意味している。詩人はヒューマニズムの求道者なのである。一三行目の「暗喩もわからない」は、情況を詩句にできないということだ。この連の最終行の「帰依者ではない」は、詩は宗教ではないということである。第三連二行目の「クォーク」は、素粒子のグループのひとつであり、「詩　クォークそのものである」とは、詩によって見えている実態を支えている要素を認識できるということであろう。五行目の「ペーター・ソンディの入水をおもった」とあるが、「ペーター・ソンディ」は、ハンガリー出身のユダヤ系比較文学者・文献学者で、姓は「ションディ」と表記されることもある。一九四四年六月から一二月までベルゲン・ベルゼン強制収容所に収容された。この連の最終行「衆生の受容性を　切りすてて解放する」は、大衆は生活第一で、どの宗派でもよかった、ということなのであろう。

第四連の後から三行目に「四谷愛住町の蹂躪ルネッサンス」とあるが、「四谷愛住町」は、江戸時代は武家と寺の街であった。昔の面影が残る日本の街と「カルカッソンヌ」とのアナロジー（類似）である。第五連目一行目の「この一握りの頭脳」は、詩人の脳裡である。最終連四行目の「入信の駅」の「入信」は、信者として教団に所属することであるが、「カルカッソンヌ」には霊的なパワーが感じられたのである。次の行の「詩は宇宙を歴史にする」は、逆に「歴史を宇宙にする」ということなのであろう。歴史にコスモロジー的な原理があるとしている。最後から三行目の「詩的現実に直入せよ」は、表面的なきれい事を排除して、詩句の展開により真実を掘り起こせということだ。「霧駅」とは、真実は隠されているというアレゴリー（寓喩）である。異端ということで排除された歴史をたどりながら、その理不尽さを詩で掬い上げるている、のである。

フランクフルト小町が果(はて)

狂人走れば　不狂人も走るとかや
中央終着駅のバーゼル行きを見送ったあと
コインロッカーの一隅で
フランクフルト小町をひろった
初の老ぞ恋しき時代は
商業銀行の裏の森でかせいでいたが
足よわく　手向けの袖は
つめたいなあ　冷えすぎている
駅の構内の長い夜に　藁の花を挿頭(かざ)した
露がうつろい　虫の音が枯れることを
ドイツ語でどのように表現するのだろう
いつまで草の花散(さん)じ　枕づく
一八〇〇年代にできたコンチネンタルホテルも諸行無常だ

昼のあいだはカイゼル通りなんか
こそこそとしかあるけない
子どもの乞食が　路の上に寝ころんで
それも女の子たちが
中近東やアフリカの顔をしている
世界の一局は飛花落葉の季節だ
星祭りも　胡蝶の舞もなくなってしまった
鳥毛のなくなった古い帽子を
小さな指で、指さして
その底にバラ銭を入れろと命令している
衣通姫（そとおり）のうたはどうなっているのか
浮草は浮草でも
大江の惟章のようないい男もあるいていない
文屋の康秀の心をもったとしても
この老いの冷えこみでは
皺にちぢんだ耳に　冬の野の風
古い麻衣が皮膚に変りはててしまった

さて　始発列車が行くところだろう
中央終着駅が　蜂を放つ始発の駅に変わる
バッグを背負った若者たちが
つぎつぎと、どこかの地方に旅立っていく
狂人走れば　不狂人も走るとかや
埴生の宿は埃りになって動くことだ
七夕のすれちがいは挨拶ぬきの朝の鐘だ
草の戸もない
玳瑁（たいまい）　垣の金花もない
玉ぎぬの色も　幻想の向うにいる
きょうは陽が照っている
フランクフルト小町が果（はて）が
ぞろぞろ　通りの片がわをあるいている
寒い方の片がわは
近ごろ目立った失業者の男たちだ
パンタグラフをつけた市内電車が
やけに、スピードをつけて走りまくる
シャワーを浴びたらと言うと

もういいわと　目を伏せた
ゲーテの銅像の立っているところまでいって
その下のベンチで
古い友だちに会うわと言った
フランスの高級品を売っている硝子窓で
身をととのえたり　髪を直して
よろよろと　走っていくわ
好(す)ける心も　小町が果(はて)の名なりけりと
行末を切り落として
わかれよう

詩の現場である「フランクフルト」は、ゲーテの生誕地であり、その当時は、神性ローマ帝国のなかで領邦国家と同じ格をもつ自由都市であった。金融都市として発展した。語り手は詩人の旅行者である。「狂人走れば　不狂人も走るとかや」からはじまるが、「狂人」は詩人、「不狂人」は労働者なのであろう。四行目に「フランクフルト小町をひろった」とあるが、「小町」は娼婦である。六行目の「かせいでいた」は曖昧であるが、「小町」がここで客を募っていたのであろう。あるいは、語り手はの詩人が「かせいでいた」のであれば、詩を書いていたのであろう。一七行目の「それも女の子たちが／中近東やアフリカの顔」からは、貧困のイメージが浮かぶ。第二連六行目の「埴生の宿」は、床はなく埴(はに)(粘土)が剥き出しのままの家のことである。一一行目の「きょうは陽が照っている／フランクフルト小町が果が」は、「フランクフルト小町が果が／きょうは陽が照っている」なのであろう。娼婦と一夜をすごし、近代化が行きとどいていない街をあとにする。「フランクフルト」の鄙びた雰囲気と娼婦の存在が重なり合っている。「フランクフルト」の外観・風俗と通りの人びとの素描でもある。

ローマン・ヤコブソンのさびしいさびしい葬儀

天秤がゆれたとき
生命はこぼれた
アルプスアネモネの小さな脳髄が
言語の皿にのっていたが
「死」の花弁の一枚を
兎ほどのマーモットがくわえて走る
おびただしく乱雑に積まれた文書群のすきまをすりぬけ
よごれた小窓に手をこすりつける

小動物の力では窓の扉はひらかない
生きうつしの眼球の中にあるハーバードの森林も
夏の静けさに濡れている

葬列はなかった
一かたまりの知己が
枯葉になって決められた場所にいく
サブリナスタイルの隣人が
郵便箱のところまできて引き返していく
おじいさん　亡くなったのね
空間に吹き消えていく白い花粉を
ちらりと見送るように

ローマン・ヤコブソンが手提げをもち
スイスのツエルマットの駅に下車したのは
春のサフランが匂う夕暮だった
バッハ鉄橋をわたり
ヴィンケルマッテン　ツムゼーをこえ

テオデュル氷河に到達しようか
それともゴルナーグラード鉄道にのり
フライトホルンの氷峰の傍に足を踏み入れようか
二つに、一つだ
ツエルマットの宿の睡眠は　舞いこむ雪
言語の二項対立
そのような確証の夢のくだりを
どのようにノートにかきこんだか
氷峰は目のまえにあり
氷河は一刻一刻くずれていく

若き日のローマン・ヤコブソンの
ツエルマット発信の郵便物は見つかりませんか
隠喩を垂直思考とする歯（ラック）
換喩を水平思考とする動力
ワンアーム式の強力機関車のドアーのところに
一人の空想好きの少年がぼんやりとのっていませんでしたか
つめたいガラス窓に生毛の頬をすりつけ

失語症の光を眼から放っていた
どこまでも青い縞のアルプ
高度をかせごうとする崩壊感覚
言語の一つ一つには、「意味」は持たない
「意味」は　伝達行為のすべての大きさの範囲の中に生きる
インデックスの移動だ
「わたつみのとよはた雲を入日さし
　こよいの月夜あきらけくこそ」
特攻の学徒兵の亡きがらよ
天智天皇から天武天皇への憎しみに蔑（さげす）みを返すインデックスを
知らなかった。
月夜に、月の対象が見えない

天秤がゆれたとき
生命はこぼれた
シレーネ・アコーリスの知のしぶきが
一つの枢の中に掃きあつめられる
「詩」の機能の搬び手は

ケンブリッジ通りの曲り角を静かに折れて
失語の谷に落ちていく
たった一台の氷河急行の橇のあと
氷片の粒が捲（ま）く

「ローマン・ヤコブソン」はロシア人の言語学者で、ハーバード大学、マサチューセッツ工科大学などで教授を務めた。言語学、詩学および芸術などの分野における構造分析をきり拓いた。言語学に新しい学説を築き、失語症の研究の端緒も手がけた。

ヤコブソンの構造言語学とは、ソシュールの構造言語学をベースに、言語単位は「二項対立」のシステムにより成り立っているとする学説である。さらに、この構造言語学をヒントに、レヴィ・ストロースが構造人類学を成立させた。

第一連二行目の「こぼれた」は、死去ということである。三行目に「アルプスアネモネの小さな脳髄」とあるが、「アネモネ」はキンポウゲ科で、和名は牡丹一華（いちげ）である。ギリシア神話のなかで、美少年アドニスが流した血よりこの植物が産まれたとする伝説があり、まれにアドニスと呼ぶこともある。脳についてのストーリーでもある、と示唆している。この連の後から二行目に「ハーバードの森林」とあり、場面はハーバード大学のエリアであると分かる。この連は言語学の厄介さのアレゴリー（寓喩）である。

第二連は「葬列はなかった」からはじまるが、葬儀への参列者は少数であったということとだ。三行目に「枯葉になって」とあるが、参列者の淋しげな様子の暗喩である。

第三連二行目でヤコブソンは「スイスのツエルマット駅に下車した」とあり、場面はスイスに飛んで、彼の行動が語られる。ヤコブソンはアルプスを背景に言語学を思案している。アルプスの景観とヤコブソンの言語学との照応が暗示されている。後ろから五行目の「言語の二項対立」は、ヤコブソンが提唱した言語構造学の学説である。言語が意味する概念の多くは「二項対立」から成立したという。例えば、男と女、主体と客体、中央と地方などで、男は女との概念の差から意味が決まってきた。〝語と語との差異〟から意味が生じているのだ。「言語の二項対立」をツエルマットの宿で思いついたという想像は、ロマン主義である。

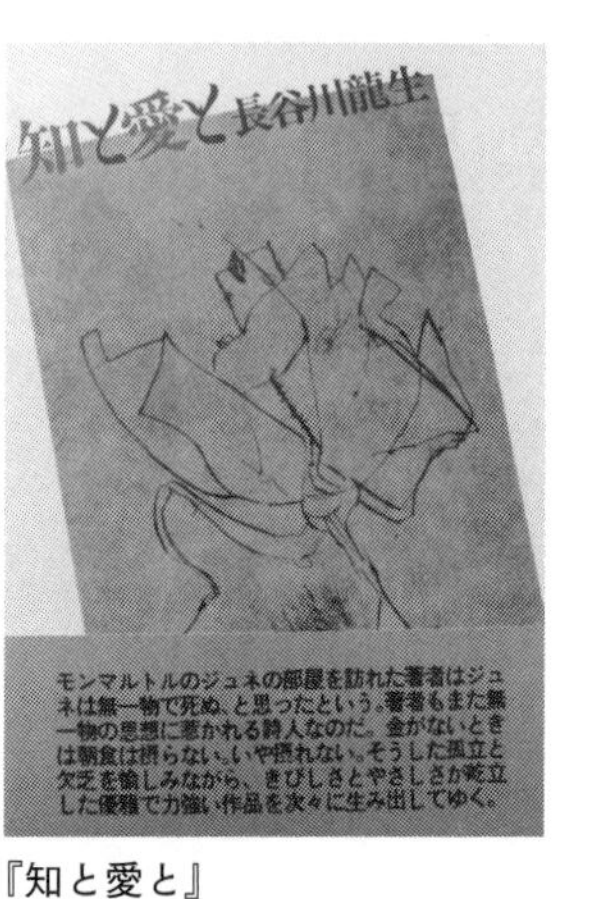

『知と愛と』

第四連では語り手の詩人が、ヤコブソンが発送した郵便物を捜していた。六行目では「少年」の行方を探しているが、この少年は詩人の幻影で、失語症を喚起している。一一行目の「言語の一つ一つには、『意味』は持たない」は、ヤコブソンの構造言語学である。一四と一五行目で「わたつみのとよはた雲に」と和歌が語られる。次の行の学徒兵が、暗唱したということであろう。「とよはた雲」は、豊旗雲であるが、旗がなびいているように空にかかる美しい雲のことである。

この和歌の中の「あきらけく」は、漢字では「清明けく」である。斎藤茂吉は「あきらけく」と読んだが、歌人の佐佐木幸綱は「さやけく」と読んでいる。いずれにしても澄みわたった美しい月夜になることを願っている。和歌は中大兄皇子（なかのおおえのみこ）（のちの天智天皇）の反歌で、百済救援のために播磨の国から船出するときの土地の神への祈願に詠まれたという説がある。一七行目で「天智天皇から天武天皇への憎しみに蔑みを返すインデックス」とあるが、インデックスは索引・見出しである。この反歌の裏には、メッセージが隠されている、ということである。天智天皇没後、天武天皇が政権を奪取した。政争の先を読んで、天武天皇をけん制する意味があったといえる。言葉の「意味」とは、状況あるいは文脈によって決定する。

最終連三行目の「シレーネ・アコーリス」はナデシコ科の花である。最後から四行目で、ヤコブソンの枢は「ケンブリッジ通りの曲り角」を折れてゆく。最終行の「捲く」は渦巻くことであり、「氷片の粒子が捲く」は、まだヤコブソンの構造言語学や失語症研究は発展途上であったことの暗喩である。

《参考文献》

長谷川龍生‥知と愛と、思潮社、一九八六

三―九　『マドンナ・ブルーに席をあけて』

この詩集では、詩の題名の代りにシーケンス番号が付けられているだけで、題名はない。そこで詩の冒頭の詩句を題名とした。詩集の「あとがき」に、詩作の経緯について次のように書いている。

さらに、長詩をまとめたこの一冊は、複雑なテーマを、テーナー・サックス風に追ったものである。「アメリカ」と「ヨーロッパ」の田舎をあるきながら、私なりのテーナー・サックスで吹きあげた。

「第一部　多重底生活」では、「アメリカ」風土に根ざした民衆志向で、アドリブをきかせた詩句を展開している。「第二部　マドンナ・ブルーに席をあけて」は、「アメリカ」と「ヨーロッパ」の文化や風土・風俗に反応しての行動や感慨が、詩句となっている。

一行目からブランク行は数えず、五行ごとに行番号を付けてある。この行番号で解説してゆく。

第一部　多重底生活――アメリカ

6　大陸を横断していて

大陸を横断していて
秘境の村を　二つ　三つ　すぎた
星の光が垂直に落ちてくる
熱を溜めていた地肌がもりあがっている
どこかで宇宙基地が目ざめている
どこかで人種差別された家が倒壊音をあげている
そのとき　旅行者の手のひらに
小さな鹿が　ふわりと乗ってきて
たなごころの上を駆けまわった
アメリカの夢をつかまえようと　もう一つの手を伸ばしたが
その欲望は　小豆のように跳ね
やわらかい筆さきのように　もがいている
アメリカは　大きな高山病に罹（かか）っている
アメリカは　底深い潜水病に罹っている
それでも　多民族のもろもろの手のひらが
暗黒の夜に　ゆっくりとひらいて
小さな鹿が　躍っている
手のひらに乗る小鹿の種類は

一
五
一〇
一五

数えきれないほどの目を輝かしていて
オンマニペメホム
オンマニペメホム
まるでネパールの秘境の村をすぎているようだ
グレイハウンドバスが小さな町に辿り着いた
二〇

そそくさと旅人が
深夜の闇に消えていく
日系のようなうしろ姿
遠い　遠い　宿に往く
二五

大陸横断鉄道あるいは長距離バスに乗車している場面からはじまる。二で「秘境の村」をすぎる。その後、乾燥地帯にはいったようで、五では「宇宙基地が目ざめている」とある。七において「そのとき　旅行者の手のひらに／小さな鹿が乗ってきて」とある。次の行の「たなごころ」は、手のひらのことで、古風な言い方である。「小さな鹿」は幻影であり、サクセス・ストーリを運んでくる妖精なのである。

一三の「アメリカは　大きな高山病に罹っている／アメリカは　底深い潜水病に罹っている」ということは、月への有人飛行や深海の探索などの冒険を敢行していることである。

それを病いに例えているのは、「秘境の村」との対極からであろう。二〇と二一の「オンマニペメホム」は、チベット仏教の真言で、日本の仏教で言う「南無阿弥陀仏」に相当する念仏である。アメリカの文化や慣習から遠ざかりたかったのである。それで前の行で、小鹿が「目を耀かして」いたのだ。次の行の「ネパールの秘境の村」のように朴訥とした風景であっても、ここにはかけ引きと陰謀の錯綜するアメリカである。この連の最終行「グレイハウンドバス」は、アメリカの最大級のバス会社で、長距離バスをこのいい方でいうこともある。鉄道ではなく長距離バスに乗っていたのである。最終連の後から二行目の「日系のようなうしろ姿」とあるが、語り手が三人称を装ってのことだ。

「小鹿」はアメリカンドリームの妄想の幻影なのであろう。「秘境の村」には物質主義が、鄙びた「小さな町」にはアメリカンドリームが、蔓延しはじめているのだ。

7　エスニックをこえるために

一

エスニックをこえるために
アメリカの詩人はイグアナに化けていなければならない
その詩人の誕生の地は
山の果てにあり

深い砂漠の中の岩盤の上にもある
ユダヤ系　黒人系　イタリア系　アイルランド系　ワスプ系　日系
すべて　海の匂いを遠ざけている
海を渡ってきた匂いと誇りが　罪をつくる
形のわるいアメリカ産　イグアナ　五
ちろちろともえる舌だけがたより
かたい鱗が苔とすりあって
なめらかに　都会の一隅に頭をもたげる
エスニックをこえるために
口の歯に　何かをくわえようとしている　一〇
こまかい　うごめく小蟹どもを
口の歯にくわえ　舌のうらに移動させていく

砂の上に「力」という文字をかいてはならない
砂の村の術者は　ロックフェラー　一五
砂の上の文字をのぞきこんでいた人々が
砂にまみれた手に　襲われる　二〇

術者は　手をさしのべて呼吸を吹いた
まっくろい痩せた一隊が
うしろを向いたまま夜を背にして立ちあがる
人々は　しがみついた
手は一本の老木のようであり
朽ちた墓標の軽さしかない
それは　自分自身である
術者は　すでに消えている

二五

冒頭にある「エスニック」は、風俗・慣習などが民族特有であるさまのことである。アメリカの「エスニック」とは、西部劇的な風俗・慣習であろう。二の「アメリカの詩人はイグアナに化けていなければならない」とある。「イグアナ」は、全長二メートルほどにもなるトカゲである。伝統になりえる文化を創出するには、観念を打ち裂くほどのグロテスクでなくてはならないのだ。八の「海を渡ってきた匂いと誇りが　罪をつくる」とは、アメリカのことはアメリカの住民にまかせるべきということである。次の行の「形のわるいアメリカ産　イグアナ」は、アメリカの詩人あるいはアメリカで詩作しようとしている詩人のことである。

一七の「『力』という文字をかいてはならない」とは、このエリアでは何らかの「力」

を表に出してはならないのだ。次の行の「術者」は大資本の事業家であり、同じ行の「ロックフェラー」はスタンダード・オイル社を創業した事業家である。二〇の「砂にまみれた手に　襲われる」とは、事業家に排除されることである。二二の「まっくろい痩せた一隊」とは、インディアンス系や黒人系の人びとである。二四の「人々は　しがみついた」は、助けを求めたということだ。次の行の「手は一本の老木」とは、語り手の詩人ことでもある。最終行の「術者は　すでに消えている」とは、この現状を詩作しようとしたとき、事業家は逃げて行ったということなのであろう。西部劇の時代からの非白人系への差別は、終焉していないのだ。

第二部　マドンナ・ブルーに席をあけて

3　ヘンリー・ムーア氏と

ヘンリー・ムーア氏と　　一
羊たちが帰る牧草地の果ての
夕日を見くらべていた
地平の向うがわから
射してくる弱い光が横顔を染めている　　五

少しずつ暗転していく翳りの中に
ケルト人の骨相から
チウトン人の風貌がうかびあがる
チウトン人と言えば
精力絶倫の構えをもっている　一〇

鵾鶏（こんけい）臨場という方法があった
男　しゃがみて床の上に坐り
一（いち）小女（こおんな）をして玉茎をあてがいもちて
女の玉門に内（い）れしむ
一女は後（しりえ）より女の裾衿（もすそえり）を牽（ひ）き　一五
その足を快ならしむるは
大いに興あるかな

サウスキングストンの独り部屋で
古い歯石をこそげながら
チウトン人の血をひく女中を待っていた　二〇
ヘンリー・ムーア氏は

脚をひきずっても精力的に
朝からあるき回っている
こっそり入った瞑想室には
パーフェクトな仔象の頭蓋骨が
地球儀のように据えられ
くるくると回転した
玉房(ぎょくぼう)秘決のつきざる角度の遊びである
カーヴの面白さ　　二五

鸞雙舞(らんそうぶ)
男女のうち一(ひとり)はあおむけに
一(ひとり)はうつぶす　　三〇
あおむくものは脚をあげ
うつぶすものは上に騎(の)り
両陰相い向う
男　あぐらかきて玉物をつけ
上下を攻撃す　　三五

ふと　思い至ったのは
破片を盗むことだった
グリム童話の奥深い場所に存在している素材の破片のことだ
ケルト人以前の
強い星の流れを考えていたチウトン人
そのチウトン人以前の未開人が
東洋の伝奇好きだった
フランダア人という種族がいた
ロンドンの泥棒市場で
はじめて耳にするめずらしい名まえだった
ディケンズのディヴィッド・コパフィールドの古本のかげで
露店の老人はつぶやいた
そのときは　航海家も多く
船には　詩人も居たそうな
詩人の一人は　一寸法師の歌をつくったそうな
木の葉の上に
左手に椀　右手に筆とをもち
大洋を漂いながら

四〇

四五

五〇

五五

海水を汲みつくしてしまうという豪快な物語りである
そいつは　何んだか
女の「気」をとり入れるのに似ている

女　みだらにして
自ら用いて節せず　六〇
しばしば交えて度を失し
その精気を竭くす
男をして正しく臥し
女　その上にまたがり
前に伏して席によらしむ　六五
女をして玉茎を内れ
自ら揺らしめ
精出づれば止む
男　快となることなかれ

この交合のストーリーは　七〇
明らかに婆羅門教の秘儀からきている

無花果の葉に坐したイシュヌが
梵天王（ぼんてんのう）の蓮華を発想するところから生れている
ヘンリー・ムーア氏の応接室で
ウトウト　まどろんでいたら
破片にまつわる夢を見る
少年が自首してきた
マドンナを殺してしまったとのことだ
心臓の部屋などすっかり検（しら）べている
狂気ではない　正気だ
マドンナの生命の根源はどうなっているのだろう
野ウサギを切り裂いても
牝山羊をぶち殺し　解剖しても
実感が湧かなかった
はじめてマドンナが犠牲の対象になる
心臓には　湯気のけむり
青い焔の元素がつまっていた
燐化水素が　鬼火になり
小人族の狐火にもなる

七五

八〇

八五

古代の沼舟（しょうせん）にのれば　九〇
一列になって
生命の灯が揺れていたのだ
精霊流し　あの作業はごく近代的なものだ
あれは精霊の探索なんだ
蠟燭の灯を　捲きパンの上に立て　九五
水上を流していると
ふと立ちどまる
その水域には不明の溺死人が藻にからんで
いつまでも揺れていたのだ
見知らぬ他者を溺死させて　一〇〇
ドクロの一つを採る
趣味的な零細産業も行われていたのだ
だれが　いつから　青い焔を利用したか
盗賊たちの盗掘をきらう
墓守りたちの最期の知恵である　一〇五
ケルト人以前の人間たちが
大いに歌った民謡には

「白い梟のさまよい」という呪文(じゅもん)がある
だまれ　まわりに神経を使え
何も知らない　ぽっと出の若い詩人たちよ　　一一〇
夜あるきは禁物だよ
兇器は持ちなさんな
かならず他人をあやめる事件をひきおこす
じつは　このぼくが　恋人を
森の中のケモノとまちがえて　　一一五
射ち殺してしまったよ
どうして　そんなテンマツになったのか
よくわからない
青い焔を怖れよ
殺された恋人は　鵞鳥に変装したり　　一二〇
他の動物の姿を借りるが
それは征服民族のでっちあげの智恵である
羊たちは地平に消えた
ヘンリー・ムーア氏の考古学的興味のある硝子ケースの中から
目をさまして　あるく　　一二五

冒頭の「ヘンリー・ムーア氏」は、二〇世紀のイギリスを代表する芸術家・彫刻家で、イギリス美術を国際的なものにすることに大きく貢献した。資産を「ヘンリー・ムーア財団」の基金として寄付し、美術教育や普及の支援のために使われている。箱根にある彫刻の森美術館において、一九七九年に国際公募展「ヘンリー・ムーア大賞展」が開催された。ムーアはこの公募展に、「ひとたび野外に出て陽を浴び、雨に打たれ、雲の移りゆきを感ずるときには、彫刻も生活の一部であるということがよくわかる…」というメッセージを寄せている。

チャクモールという古代メソアメリカの人物像は、仰向けになり、肘をついて上半身を起こした姿勢をとっている。ムーアは一九二四年、パリで石膏のチャクモールを目にしてインスピレーションを得た。そこで「横たわる姿」が大きな彫刻のテーマとなった。

八の「チウトン人」は、青銅器時代後期に、ヨーロッパ北部にあるユトランド半島を中心に居住していた部族で、ゲルマン人の一部族である。紀元前一二〇年ころキンブリ人とともに南下、紀元前一〇五年にはローマ軍をローヌ河畔で破って恐れられたが、エクス・アン・プロバンスで紀元前一〇二年、ローマの将軍マリウスに滅ぼされた。

一一からの「鴟鶏臨場」以下は、「チウトン人」の性交の方法を説明している。「鴟鶏」は大型の鶏であろう。これは「チウトン人」のパワーの根源なのである。「チウトン人」の血筋は、精力が人並みはずれているのである。この説明はムーア作品からのインスピレーションを、映像化（ビジュアル）したものである。

一八の「サウスキングストン」は、イギリスにある町の名であろう。二四の「瞑想室」は「ムーア」のもので、二五では、そこには「仔象の頭蓋骨」が据えられているとある。「ムーア」の創作の発想は、ここで練られていたのだ。二八の「玉房秘決」は、性交のやり方である。三〇の「鸞雙舞」は、平安時代の医学書『医心方』に出てくる性交の体位、三十種類のうちの一つであり、男一人女二人の体位である。性の目的は、陰陽合体の結果を表現することであるとしている。

三八の「ふと　思い至ったのは」からは、「ムーア」作品とは直接的には関係ないような語りがつづく。五〇に「航海家も多く」とあり、イギリスの全盛期である大航海時代の物語をイメージしているようだ。海洋民族としてのイギリスの歴史を語っている。五九の「女　みだらにして」からは、婆羅門の秘儀である性交の方法である。七三の「梵天王」は梵天のことで、古代インドで世界の創造主、宇宙の根源とされたブラフマンを神格化したものである。「ムーア」作品とバラモン教の世界とが、イメージ上で重なり合っていると感じているのだ。次の行の「ヘンリー・ムーア氏の応接室で」からは、語り手の妄想がはじまる。「ムーア」作品から離脱した語り手の世界が進展してゆく。七八の「マドンナ」は語り手好みの下積みの歌手のようだ。八六の「心臓には　湯気のけむり」は、「マドンナ」の心臓からのようだ。以降はオカルト映画の場面のような怪奇現象である。一〇八の『白い梟のさまよい』の「咒文」は、ケルト人以前のアニミズムの紹介である。

最後から三行目の「羊たちは地平に消えた」は、二で登場した「羊たち」であり、「ムーア」または「ムーア」作品についての語りの終わりを告げている。「ムーア」作品からのインスピレーションに陶酔してしまい、「チウトン人」や「婆羅門教」のもつ霊的なパワーの夢をみていたのである。それらを現代人は失っているのだ。最終行の「目をさまして　あるく」は、語り手が去って行くところである。

4　毛布頭巾をかぶって　観念的な語り、場面の描写がない。

一

毛布頭巾をかぶって
まかり出てきたのは詩霊である
アメリカの片田舎で
神霊通信の一頁に載っていた幽霊写真に
ふっと浮び出ている姿だが

五

そいつが　降ってわき
仕事部屋で青ネギをきざんだり
かぶらの酢漬けをたのしんでいたりした
詩を考えて　円通寺坂を下っていくと

えたいの知れない雑霊どもが現れて
歩行を中止せしめた　　一〇
お待ちなせえ　お待ちなせえ　貴種よ
たしかに　そんな風にきこえたが
ふりかえれば　小唄端唄の教習所の横に
イリュージョンでもなければ　幻覚の脅えでもない
古代ヨーロッパの鍛冶屋の小人どもが　　一五
緑衣を着こんで　おいで　おいでをしている
いつのまにか　そいつらは
詩霊の属性として育ちはじめ
人間の思念の壁に
意志の映像を投写する　　二〇
小人の友だちの多くいる空の下で
貴種のシャレードは存在しているのであろう
目に見えない古代の詩人たちが
スタスタとあるいていくのは
怨みの霧が立ちこめているわけではない　　二五
ただ　ぼんやりとした霞の山の向うがわに

太陽の明るさがあったからだ
と　言いたいところだが
柿本人麻呂のような異例の場合もある　三〇
詩霊が毛布頭巾をぬいで
体内に侵入しはじめたころ
体験様式として「妄想着想」があった
妄想が　着想のかたちで根を生やす初期のころ
「血統妄想」がつきまとってくる　三五
マドンナよ　許したまえ
俳優術の百面相をこころみるようになった
鏡面に自己の顔貌（がんぼう）をうつし
ひそかに空笑
瓜二つの髭づらをみつめ　四〇
目の奥にアラブの奥地に住むジタンの一族を発見する
その視線は　日本人としては
かなりの衝撃であり
たじたじとしながら「祖霊」の在所をねじ伏せる力が動いた
いつも　歯くそをこそげながら　四五

高貴の家柄の出身である
血液の中には　古代王族の血がながれている
北方ツングース族の権力筋の骨相である
気分や　知覚ではない
明らかに着想だけであって慢性化したものだ
見るに耐えない
見るにしのびない
目の奥のきらりと光るジタンの一族よ　　五〇
自己を　はずかしめないで
深い井戸の鏡面から
そいつが　地上の方を覗きこんでいる
その行為は遊びごとであったようで
白日の下でフィルムを点検するように　　五五
刃物のきっさきを
詩霊につきつけていった
ドゥニ・ディドロの哲学の表情は
肛門性欲のようにとつぜん襲ってくるものなのだ
ダランベールの夢だった　　六〇

ニーチェの海
シュトラウスの森　六五
ブルノー・バウアーの湖水
観念の詩霊は、うろついて　暗い深淵から
生命の元素をつくり
ひたいの上にとび跳ねていたのだ
ところで「血統妄想」は　七〇
どこからおこってきたのであろうか
そいつは「世界没落体験」の悲しさである
貴種に対して　あえいでいるものがある
貴種に対して　清算できないものがある
なんと腰くだけのジタンの存在の声よ　七五
折口信夫が　貴種のネタをどこから発見してきたのか
源氏物語の「物語のおや竹取の翁」
丹後風土記逸文の「竹野郡奈具社の由来」
何かを犯す
自ら天界を去って流離する　八〇
流離の果て　転生する

土着の思想に対してまれびとは感情移入術を吹きこみ
貴種の一宿一飯(いっしゅくいっぱん)の鋭い催眠術をかけたのだ
そんな気がする十月の夕の雨　八五
儀式という儀式の着想に
流亡を食い止める土着の権益のぬかるみ
リアリズムの詩はいっこうに発達しなかった
詩霊は祖霊よりも小さく脅え
「物」のまわりの「気」を唱っていたのだ　九〇
毛布頭巾をかぶって
まかり出てきたのは詩霊である
そいつは　心臓をさすりさすり
階級の奴れいたちの病症を眺めていた
力のないものは再起不能であり　九五
そのまま　どこかに埋もれて貝塚になった
抵抗の果て　逃亡　流亡をかさね
虫けらのような死の時を見つめていた
「世界没落体験」の歴史的地平
詩霊は　何を見たのであろうか　何を聴いたのであろうか

何も見なかった　一〇〇
何も聴かなかった
無神　有神　理神論者の虫けらの死
「血統妄想」のかすかな煙だけが
一すじ　立ちのぼっている
インディアンの　のろしよりも　一〇五
したたかな信号である
そいつは　伝染病のように地平をひろがる
貴種への憧憬と畏敬は
天界と人間界
他界と地上　一一〇
貴族と卑賤民
貴族と武士と農民と非人
それらいっさいをふくめた疎外流謫（るたく）の抒情である
漂泊の不安におびえていた弱い魂
それが片隅の定着を成しとげたとき　一一五
ぼんやりと流離の抒情にひたる
毛布頭巾をかぶって

まかり出てきたのは詩霊である
いっさいの実業をすてて
虚業の夕日に染まれ
お待ちなせえ　お待ちなせえ　貴種よ
たしかに　そのように聴えたが　一二〇
ふりかえれば　おびただしい群集の中に
そいつは　あるいており
胃腑（いのふ）を頭陀袋のようにかかえ
かかえ吊りこみ足で　とんとんとひきずられ
円通寺坂を下っていった。　一二五

「詩霊」が、「毛布頭巾をかぶって」出現したところからはじまる。三で「詩霊」は「アメリカの片田舎で／神霊通信の一頁」にあった「幽霊写真」に浮かび出ている姿であるという。九で語り手の詩人が、「詩を考えて　円通寺坂を下っていく」と、「雑霊」が現れた。「雑霊」とは、有用でない種々雑多な霊である。「円通寺坂」は坂の上に円通寺があることに由来しているが、場所は赤坂で近くにはＴＢＳ放送センターがある。詩的な情緒のある場所なのであろう。一二で「雑霊」に「貴種よ」と声をかけられる。「貴種」は、高貴な家柄の人のことであるが、ここでは語り手のことである。一六で「雑霊」は「古代ヨーロッパの鍛冶屋の小人ども」であったが、詩霊の属性となりはじめる。二〇の「人間の思念の壁に／意志の映像を投写する」とは、詩霊的な意志を、人間の思念に押し込むことであろう。二三の「貴種のシャレード」の「シャレード」はジェスチャーであるから、疑似的な貴種ということであろう。三〇の「柿本人麻呂のような異例の場合もある」とは、人麻呂は「貴種のシャーレド」ではないということだ。

三六の「マドンナよ　許したまえ／俳優術の百面相をこころみるようになった」とは、演技で誤魔化していることである。四〇の「瓜二つ髭づら」は、鏡に写った語り手である。四一に「ジタンの一族」とあるが、ジプシーのフランス語は「ジダン」である。四四の『祖霊』は、祖先の霊魂である。四五、「こそげながら」は、付着物を削り落としながらである。四六の「高貴の家柄の出身」は、「鏡面の自己」がである。四八、「北方ツングース族」は、満州からシベリア・極東にかけての北東アジア地域に住み、ツングース語族に属する言語を母語とする諸民族のことである。五六の「そいつ」が「覗きこんでいる」の「そいつ」は、「鏡面の自己」である。

六一の「ドゥニ・ディドロの哲学」の「ドゥニ・ディドロ」は、フランスの哲学者、美術批評家、作家。主に美学、芸術の研究で知られる。一八世紀の啓蒙思想時代にあって、ジャン・ル・ロン・ダランベールとともに百科全書を編纂した、いわゆる百科全書派の中心人物である。六三の「ダランベールの夢」の「ダランベール」は、一八世紀フランスの哲学者、数学者、物理学者。ドゥニ・ディドロらと並び、百科全書派知識人の中心者。

「ダランベールの夢」は、ディドロとの哲学対話集である。宇宙の構造、存在の生成を中核として著者の唯物論的立場が明確に示されている。

六五の「シュトラウスの森」の「シュトラウス」は、「ヨハン・シュトラウス」のことである。次の行の「ブルノー・バウアーの湖水」の「ブルノー・バウアー」は、ドイツ出身の神学者・哲学者・歴史学者。青年ヘーゲル派の代表的な存在である。無神論に基づくキリスト教・ユダヤ教などへの宗教批判など、その鋭い視点から多くの著作を表し、青年ヘーゲル派の主導的役割を果たした。若きカール・マルクスもバウアーの影響下でヘーゲル哲学を学んだ。

七二の『世界没落体験』とは、統合失調症の症状の一つで、世界が破滅するような出来事がある、それが自分と深く関係しているという妄想体験をいう。七〇の『血統妄想』は、『世界没落体験』と共通しているところがあるというのだ。七三の「貴種に対して　あえいでいるものがある」は、「詩霊」がである。八二の「土着の思想に対してまれびとは感情移入術を吹きこみ」の「まれびと」は、異郷から来訪する神であり、「感情移入」というリアリズムを吹き込んだ、ということであろう。八八の「詩霊は祖霊よりも小さく脅え」とは、現代社

『マドンナ・ブルーに席を空けて』

会の詩霊は未開社会の霊ほど、新しい詩境を発想する力がない、ということである。「詩霊」は白人のアメリカ人、「祖霊」はインディアンとも考えられる。一〇二の「理神論」では、神の活動性は宇宙の創造に限られるとして、いったん創造された以上、世界はみずからの法則に従ってそのはたらきを続けるとしている。一〇二の「虫けらの死」は、「詩霊」は抹殺されるということであろう。一〇八の「異種への憧憬と畏怖」とは、一一三の「疎外流謫の抒情」である、としている。疎外されているという妄想であろう。一二一の「お待ちなせい　貴種よ」とあるが、「貴種」は語り手の詩人のことである。一二五の「胃腑」は胃または腹部のことである。一二六で「とんとんとひきずられ」、最終行で「詩霊」は「円通寺坂を下っていった」のだ。「詩霊」は「貴種」への憧憬が強いことから、情けない格好で、消え去ったのである。「詩霊」とは「貴種」である詩人になろうとしている霊なのであろう。

《参考文献》

長谷川龍生：マドンナ・ブルーに席をあけて、思潮社、一九八九

三—一〇　『泪が零れている時のあいだは』

泪が零れている時のあいだは

泪が零れている時のあいだは
ひとびととの　見えない介添者との
つながりが　かすかに
あるのですよ　あるのですよ
陸にうちあげられた一匹の雄鮭(ヘイング)の　またたきが
名もない群集の　知らないまたたきに
かすかに絲をひき　結(ゆい)を求めている
絲と　結とを渡っていく空間の粒子のふるえ
そのふるえが　愛の根源なのです

泪が零れている時のあいだは
たとえみすぼらしい鳥　もず　ノスリでも
疲労をいやし　止まるのですよ　止まるの
ひと藁をつかんだ爪の日日のあたたかさ
その確証だけがわかっている
眼の光は薄明の地平をさぐりつづけているが
内がわに放つ眼の光は　止り肩の接着に

そそがれている
正午　磔(はりつけ)にされる
午後三時　首うなだれて見棄てられる
救いの手は　何もなかった
奇跡のしるしは　一片の影もない
石と　唾と　痰と　嘲罵(ちょうば)とが飛びかさなっている時空のすきま
群集の脚もとに　貧者の鮭獲りが跼(せぐくま)っていたのです　首をかしげて
その一人の貧者が　聖書研究家の調べから洩れているのは　一つぶの穀物

一つぶの穀物が
野の上に氷り伏している介添者との
つながりが　しっかりと
信号しているのですよ　打ちかえしているのです
一匹の雄鮭(ヘイング)の　ひれの一揺れが
名もない群集の　たった一個の手のこぶしに
かすかに信号をわななかせている
その信号の吸いこまれていく人の心の核

その核の　水のしたたりが
救済に似た泪の零れる根源なのです

一つぶの穀物が
野の上に氷り伏している時のあいだは
たとえ謎の雪　燃えない薪　風倒木でも
虫が　復活の卵を生みつけるのですよ
生む　生むの
詩人が　地の塵の底に反応したもの
べつの生命をおぼえた日日のうれしさ
その確証だけがわかっている
未来は　壁としての困難になっているが
思考の力は　一つの理念をつくり
過去を　現在にひきよせている

日昏れ　死体が下ろされる
夜霧がしのび　亜麻布が搬れていく
ヨセフ　知らなかっただろう

ピラト　予想もしなかっただろう
死体が　消えてしまうことを　盗まれることを
墓はいらない　墓の下に存在するあいだは
ひとびとの視界に封ぜられる
ペトロ　走ってきて　叫んだ
死体がない　死体が消えた　もぬけの殻（から）だ

無力が　無力の肩にかつがれている
誰も知らない褥（しとね）に　横たえられる
肌着からちぎれた白布で　静かにふかれている
誰も知らない営みに　時はすぎていく
時はすぎていくが　ひとときが停まった
時は離れていくが　ひとときが反（そ）り立った
一人の鮭獲りの　苦悩の残骸をひきとってしまった事件
死体を抹殺し
向き合ったところから
名もない二人の愛が　復活していく予知

泪が零れている時のあいだは
孤りでいても　鏡に自分を見つめていても
狂わない　狂いの領域から打ち返されている
泪が零れている時のあいだは
ひと知れず呼吸づいて　よろよろと歩いているような
かすかにしめし合わせて
最後の紐の手もとに　微力がこもっているような
泪を　ふいてください　ふき取って
そんな言葉　仕草に　もたれこまない
零れているのは　そのまま　そのままに
やがて　乾きの翅が舞い下りて
雲のある方向に　消えていく

そのまま　そのままにして
最後の一瞬　手離しの動作にはいる
真直下に断ち切る
断ち切るまで　そのまま
そのままにして

第一連二行目の「見えない介添者」は、この詩がキリスト磔刑前後の状況をテーマにしていることから、キリストの幻影といえる。五行目の「一匹の雄鮭」は、キリストの分身であろう。この連の最終行とその前の行の「ふるえ」は、キリストからのメッセージといえよう。第二連後ろから二行目「止り肩の接着」とは、倒れないように他者の肩を摑むことである。第三連後ろから二行目「踞って」は、からだを前へかがめ、背を丸くする、ことである。　第四連一行目の「一つぶの穀物」は、一人の人間、それも農民である。第七連七行目の「一人の鮭獲りの」における「の」を主体を示す格助詞とすると、「鮭獲り」は神の使いすなわち天使なのである。この連の最終行の「名もない二人」は、キリストとパウロであろう。第八連の後ろから二行目「乾きの翅が舞い下りて／雲のある方向に　消えてゆく」の「乾きの翅」は、神が送りつけてきたものなのであろう。最終連後から四行目と三行目の「断ち切る／断ち切るまで」は、キリストのこの世からの退去・昇天まで、と考えられる。同じ行からの「そのまま／そのままにして」は、泪を、である。泪は悲しみ・怒り・悦びとともに零れるが、とりわけ悲しみの泪は、キリストの〝愛〟の顕現なのである。

「泪が零れている時のあいだ」とは、そのとき人間は人間性に目覚めている、ということである。泪が零れなくなったら、人間としての終りなのである。

越中おわら「風の盆」

せまい坂町どおりを過ぎ
角をまがって
消えてゆく「風の盆」
日本の農民が変り果てて去っていく
稲刈りの仕草を
細い指さきにつたえて
うしろめたさを断ち切り
胡弓の音を　哀れにふるわせながら

この大地の上にいて
恥じるだけ恥じた
この大空の下にいて
逆らうだけ逆ろうた
野井戸を掘る唄もわすれた
夜あけまえ　おれの転向を知ったかい

夕やみの中　おれの不安を覗いたかい
つよい日射しが
背骨をつらぬき
使いすてられた近代農機具群の上に
かげろうのように　揺れている
このおれを見張っている
いくつもの他人のコトバが
祭ばやしの下水になって溢れてくる

農民のコトバを　もろともに
埋めて　埋めて　逃げられないようにする
そのため　おれは
最期の井戸掘りの唄をうたうだろう
マコトを語り
マコトを胸にいだき
おれのコトバに　汗をかく

祭りのエネルギーとは　寂しい

角をまがって
消えていく「風の盆」
昔の鮭が　見えてくるまで
昔のこがね吹きの町が　見えてくるまで
掘って　掘って　死霊を掘りつくす
昔の空が　水になって見えてくる
収穫の仕草を　はこぶ足さきにつたえて
うしろめたさを断ち切り
胡弓の音を　ひとすじ残しながら
日本の農民が　変り果てて
エネルギーを霧散し
去っていく　その事実を見ている

題名の「風の盆」は、正式には「おわら風の盆」で、富山市八尾地区で九月一日から三日間行われる祭で、編み笠姿で越中おわら節に合わせ踊り歩く。三行目の「消えてゆく『風の盆』」は、「風の盆」という祭への懐疑である。次の行の「農民が変り果てて」は、農村の観光地化である。第二連四行目の「逆らうだけ逆らうた」は、観光のための演出に反対したことだ。六行目の「おれの転向」は、観光促進のスタッフになったことである。

この連の最終行の「下水」は小便であり、「祭ばやし」は観光地化をはやしているように感じているのだ。最終連五行目の「こがね吹き」は、小金吹くということで、金貨造りである。最終行の「去ってゆく」は、大地に根ざした農民がいなくなってゆくということである。

昭和の時代では、農村や山村の観光地化は、自分たちのアイデンティティを失うと感じていたのであるが、現代では、観光地化は経済促進や地元振興として受けいれられているが、農業と観光の両立が望まれる。

西暦七八三年十月六日の水枕に立つ

渤海の国から帰船についた高内弓(こうのないきゅう)
その留学生の男に　靺鞨(まっかつ)人の内妻、子供二人　子供のせわをやく乳母(めのと)
その人たちを　殺しましたか

いえ　殺しはしません
あの船は「能登」と言いました
大使王新福の一行をのせていった帰り船

暴風雨が吹いて　みんな真っ青でした

入唐の学問僧〈戎融〉という男が
隣の場にうずくまっていた
なにか密談をかわしていただろう
中国語で話をしていたことが届に出ている

いえ　話せるのは黒水靺鞨語です
日本語もあぶないのです
たしか〈戎融〉は　優婆塞を一人つれていました
その人でしょう　その密談の相手は

なにを話していたか　分っているだろう
隠しだてはよくない　その内容を
ありのままに　吐いて　ならべなさい
西近江路のかくし砦のことか　十一面変化観音のことか

いえ　船酔いで　苦しんでいました

その上　さしこみの持病が偶然におこって
他者の話どころではなかった
頭から浸水をかぶるし　両耳は氷です

いつも水だとか　氷だとかで　逃げておる
こちらには　材料がそろっておる
おまえは　浮浪の沙弥で　身分はひくいが
元をただせば　先住民の首長の系をかすかにひいておる

いえ　そんなことはありません
越の国　水橋という集落の者で
臥行者に　かどわかされたのです
その事実は　俳人の角川源義も　角力の横綱梅ヶ谷も知っています

官米奪取で　「飛鉢の呪法」か
大きな船にむかって　鉢を飛ばすとは
見事なサーカスだ　米騒動がすでに古代に行われていたとは
やってみい　ＵＦＯのようにやってみい

いえ　そんな技術は　失せました
「仙(ひじり)」に成ろうとしたが、船内雑役です
「能登」には板振鎌束(いたぶりのかまつか)という兵衛(ひょうえ)がのっていました
水手(すいしゅ)をおののかせました　水手なるものを知っていますか「続日本紀」の

その板振鎌束が　高内弓一族を殺したと言うのか
おまえが　手を借したのではないか
呪力を失ったゆえに　実力を売ったのでは
単独犯ではむりだ　複数犯だ

いえ　高内弓は　生きております
日本海に投げ棄てられたのは　内妻　子供二人　乳母　優婆塞
優婆塞がはじめに殺されました
そのとき〈戎融〉は腰をぬかしました

〈戎融〉は漢神信仰（韓神）の禁圧を内々に知っていたのか
道教の匂いのある教えは　人もろとも殺されることを

たわけた愚僧だ　入唐してなにを学んできたことか
星を占うか　牛を犠牲にする呪文だろう

いえ〈戎融〉は　高僧に成りました
あのときの板振鎌束は　兵衛という職業病の一種です
人格が　国体格にのぼせあがる病症です
津田三造という一巡査が　ロシヤ皇太子に斬りかかったでしょう　あれと同じ

すると　おまえは　水橋の米騒動一件を
「飛鉢の呪法」がのり移ったと言いたいのだろう
歴史と人間との関係は　そういうものだと
反体制の狼煙（のろし）の火種を消すことがないと

いえ　とんでもありません
米騒動の口火を切った一人の女の官米奪取の心も
津田三造という一巡査のサーベルの心も
今になってわかります　平和な日本の現代で

渤海の国から帰船についた高内弓（こうのないきゅう）
その留学生の男に　靺鞨人の内妻、子供二人　子供のせわをやく乳母（めのと）
その人たちを　殺しましたか

いえ　殺しはしません
あの船の名まえは　もう忘れました
アカシヤの大連から開拓移民を万載していた引揚船だったか
リンチ事件が発生し　みんな遺体は東支那海に流し　魚の餌にしました

いえ　殺しはしません
あの船の名まえは　皇室の名がついている
いまでも　湾の底に沈んでいる
乗組員の死骸は　逆さまになって　逆髪浮遊している

いえ　殺しはしません
F・W・クロフツが解明している
積荷の木箱をふくめて、ぜんぶコンクリートになった重さだけの海難審判です
かわらない重量　ただ残り滓（かす）を封じたように感じる重さだけ

奈良時代の七六二年に、遣渤海使船・能登が帰路に嵐に遭遇した。この詩では七八三年となっているが、七六二年の方が信頼性は高い。この遭難から無事に帰着したものの、嵐のただ中で、水夫らが荒海を恐れて生贄として、高氏の妻、嬰児と乳母を荒海に投げこんだ、との史実がある。題名にある「水枕」は、麻の枕であるが、水への身投げを意味している。役人による詮議の場面からはじまっている。

一行目に登場する「高内弓」は、渤海に留学していたが、妻に高句麗系の貴族高氏を迎えたことから高氏を名のっていた。二行目に靺鞨人とあるが、靺鞨は隋・唐代に満州北東部に拠ったツングース系諸族である。第三連一行目に登場する「戒融」は、筑紫の僧であったが、三十年間ほど唐で遊行した後に、帰国の途にあった。第四連三行目の「優婆塞」は、得度していない僧侶のことである。第七連三行目の「沙弥」は、比丘(びく)となるまでの修行僧である。次の行の「先住民」は、中国あるいはロシアの少数民族であろう。

第八連三行目の「臥行者に　かどわかされた」の「臥行者」は、奈良時代の高僧泰澄の弟子で、白山など多くの山岳信仰の山を開山したとされ、山岳信仰の祖といわれている。第九連一行目に出てくる「飛鉢の呪法」を使うことができたという伝説がある。「飛鉢の呪法」とは、臥行者が日本海を航行する船に、越知山(丹生郡朝日町越知山)から佐波理(さはり)(銅と鈴の合金)の鉢を飛ばして布施をもらったというものだ。山頂から投げた鉢が飛行して、船の船頭の足元に届くのを見て、越知山から「われらの師匠のため、鉢一杯の布施を頼み申す」と叫ぶと、その法力に驚いた船頭が、鉢に米を入れると、鉢は空へ舞い上がり、越知山山頂の彼のもとに戻って行ったという。「臥行者に　かどわかされた」とは、詮議を受けている容疑者がかどわかされて、米騒動を扇動したということだ。第八連最終行の「梅ヶ谷」は江戸時代の第二十代横綱のことであるが、「角川原義」と同じ富山市の出身であった。この連から「能登」での殺害事件の詮議に、米騒動の詮議も入りこんできている。

第一〇連三行目の「板振鎌束」は、遣渤海使の船師として帰国途上、暴風に遭い、そのとき原因が異国の婦女らの乗船にあるとして四人を海に投げ込み、帰国後投獄された、という史実がある。同じ行の「兵衛」は、天皇に近侍し，宿衛等の任にあたった者のことである。この連の最終行「水手」は、船頭、梶取りのことである。「水手をおののかせ」とは、高内弓一の連れの者たちを、海に投げ込んだことをいっている。第一一連では容疑者である「板振鎌束」の犯罪だったことを確かめている。「板振鎌束」は権力をかざして、意味もなく、殺害におよんだようだ。

第一三連一行目の「戒融」」は無力の傍観者ということである。第一四連三行目の「国体格」は、国を代表していると錯覚していることである。最終行の「津田三造」は、「国体格」に突き動かされて「ロシア皇太子」に斬りかかってしまったのだ。

第一五連一行目の「水橋の米騒動」は、大正七年、富山県下新川郡東水橋町（現・富山市）で起こった米価格急騰にともなう暴動事件である。米価が騰貴するのは米を他地方に移出するからであるとし、漁民の妻女ら二五人ほどが移出を阻止しようと海岸に集合したことからはじまった。全国の新聞で「越中女房一揆」として報じられた。この騒動は、大阪から東京、さらに全国の都市へと飛び火した。この未組織な民衆運動は、寺内正毅内閣を総辞職に追い込み、わが国初の本格的政党内閣である原敬内閣成立を後押しした。二行目は、『飛鉢の呪法』という神仏の力がはたらいて、騒動が大事になった、ということである。この米騒動は権力への反抗であった。第一六連最終行の「今になってわかります」とは、「一人の女」も「一巡査」も権力をもっているかのように思い込んでいたのだ、ということである。「巡査」といっても、権力の末端である。弱者も反抗にでることがあるのである。

第一八連三行目の「アカシャの大連から」の「引揚船」とは、第二次世界大戦の敗北のではなく、古代における中央アジアからの日本への渡航船である。第一九連二行目に「皇室の名」とあるが、奈良時代に能登内親王（のとのひめみこ）という皇族がいた。最終連二行目の「F・W・クロフツ」は、アイルランド生まれのイギリスの推理小説家で、密室殺人を扱った小説が多かった。船という密室に中では、どんな理不尽なことが起こるか分からない。最終行の「ただ残りの滓を封じた」は、社会や組織や集団の下層にいる者の抹殺である。弱者は抹殺され、また、それへの反抗も起ってきたのだ。

しきりに狩野亭吉を

ワシントン広場の東北の一隅で
帽子の底にコイン散らつかせ
乞食をしながら
ラッシュ時に対面していたが
誰も　見向きもしなかった
しきりに日本の狩野亭吉をおもう
一八九九年　彼が安藤昌益(しょうえき)の「自然真営道(しんえいどう)」の筆書本を手に入れたのをおもう
文化のひくい　うごめく人々よ
唾を吐きたくなるニューヨークの大学生よ
たたかいと　争いを好まない論理が
直耕の気に至る
この一隅の冬の陽射し
なんと遅れている人々の気ぜわしさ
帽子の底をはたいて
立ち上りうそぶいた
不合理　矛盾　滑稽なる領土

一篇の科学詩にて　愚弄せん

＊狩野亨吉（かのうこうきち、一八六五～一九四二）一八九八年三十三歳で第一高等学校校長。一九〇六年京都大学初代文科大学学長。安藤昌益を歴史の忘却のなかから発掘。

題名にある「狩野亨吉」は、注記あるように教育者で、安藤昌益を見つけ出した。七行目の『自然真営道』は、自然なる世界の根元をなす〈真〉（または〈活真〉）が営む道、すなわち自然界の法則性を意味する。これを明らかにすることにより、人間の社会の現実がその法則に反していることを示し、自然なる状態に復帰することを通じて、健全な身体と健全な社会を実現する方法を説いているのである。四民上下や男女の別のない理想社会である「自然世」を説いた。「安藤昌益」は秋田藩出身で、江戸時代中期の医師・思想家・哲学家である。その思想は無神論やアナキズムの内容をもち、農業を中心とした無階級社会を理想とした。近代の日本において、社会主義・共産主義にも通じる思想をもった人物として評価されている。

八行目に「文化のひくい」とあるが、アメリカの文化への疑念であり、東洋思想の奨励である。一一行目の「直耕の気に至る」とは、自然の循環のなかで自ら農耕を行い、生活するという「直耕」の精神に傾倒すということだ。最終行の「一篇の科学詩」は、この詩のことである。後ろから二行目の「不合理　矛盾　滑稽なる領土」は、合理主義、物質主義、拝金主義の横行している国ということである。

近代文明批判を直接的に語っていることから、古典主義的な詩であり、そこでは東洋思想を奨励しているのである。

寺山修司よ

死の一夜があけて
きみは　再びあるきはじめている
かかとの高いスリッパをつっかけて
土壇（どだん）の入口の階段に足をのばし
アパダーナ（謁見の間）を見わたしている
天井桟敷は　多民族国家だった
若い想像力のハレムは細ながくつらなり
百柱の間の　宝庫に至る
きみと　ぼくとは　どうして知りあいになったのだろう

大東京の杉並区を走る高圧線の塔の下だった
そのときは　まだ
きみの好きなペルセポリスの巨岩石は
一秒ごとにしだいに崩れているとは知らなかった
きみの目的はエラム語の粘土板だっただろう
そんな軽い考えで
ぼくは　きみの「短歌」制作の背後に
異常な感性を見つけていたのだ
だが　きみは
ダレイオス一世が　会議室で
髭をなでながら
きみの入場を待っているのを知っていたのだ

もう　いちど
ロッテルダムの方向にいこう
きみの大きくやわらかい肩をたたいて
マース川の中洲にある中国人街を訊ねてみよう
きみは　古風な船倉庫の一隅に

ボロボロになった船舶の設計図を発見する
後尾にとりつける固定舵
その舵の発明が　一〇〇〇年を経て
奇しくもマース川の港町にあらわれたのだ
きみは　再び、せっせと
自営船をつくる
そして特種な水中舵をつくる
きみも　ぼくも
エラスムスという人文主義者はあまり好きではなかった
ただ　中国人街の職人の手が好きなのだ
きみは　港町の人々と生活の話をするだろう
アンダーシャツから
北海のさまざまな魚の臭いをかぎながら

死の一夜があけて
きみは　どこにあるいているだろう
アムステルダムに先回りをしているかもしれない
海面下の森林で

ベンチによこたわり
きみは「疾病流行記」を再演しようと
もくろんでいるのかもしれない
夜のオランダ人を見つめていると
レンブラントの夜警が
こつこつと　霧の中から忍びよってきて
注告するだろう

「ゾイデル海の方には　往けない
不景気でたまったものじゃない
まるで鉄条網だ」

それでも　港町をわたりあるいて
天井桟敷をひきつれていきたいだろう

もう、運河には
夜明けはきそうにない
ハンブルグにいったって

どこまでいっても夜の町だけがつづいている
アムステルダムの公立銀行は
ぴしりと　重い扉をしめているし
湿った空気だけが下町の方に流れているばかりだ
それでも　きみは
心の中の地金銀（じがねぎん）をしっかと抱いている
あの舞台空間は
地金銀の光だった
いままでに見ることができなかった新しい光の空間だった
最期の芝居を観たあと
きみの死の寸前の伝言を聴いた

二行目の「再び歩きはじめる」は、亡霊である。六行目の「天井桟敷は、他民族国家だ」とは、海外を志向していたことによる。「天井桟敷」は寺山が創設した劇団の名で、アンダーグラウンドではなくて、もっと高いところへ自分をおこう、との意図で名付けられた。この連の後ろから二行目の「百柱の間」は、古代ペルシャ帝国の遺跡である。最終行での「ぼくとは　どうして知り合いになった」ということは、「ぼく」である語り手の詩人と実際に運命的な出会いがあったのであろう。

第二連三行目の「巨岩石」は、寺山自身のアレゴリーである。五行目の「エラム語の粘土板」には、聖典が刻まれていたのかもしれない。「エラム語」は系統不明の言語で、古代のエラム帝国で紀元前二八〇〇年頃から紀元前五五〇年頃に使われ、紀元前六世紀から紀元前四世紀にかけては古代ペルシア帝国の公用語であった。同じ行の「きみの目的はエラム語の粘土板だった」とは、古代ペルシャ帝国の霊的なパワーを、演劇で再現したいということであろう。後ろから三行目の「ダレイオス一世」は古代ペルシャ帝国・アケメネス朝の王（在位：紀元前五二二年～紀元前四八六年）である。王国の全域で発生した反乱をことごとく鎮圧して、西はエジプトのトラキア地方から東はインダス川流域に至る広大な領土を統治した。「百柱の間」の建設に着手したのが、「ダレイオス一世」である。最終行の「きみの入場をまっている」は、修司の入場を待っているのである。それは修司の演劇が、古代ペルシャ帝国の文明・文化を彷彿することを期待してのことである。

『泪が零れている時のあいだは』

第三連二行目に「ロッテルダムの方向へいこう」とあり、ここから場所はオランダとなる。寺山修司はオランダのアムステルダムに公演旅行を敢行している。六行目で一〇〇〇年前の舵が付いた「船舶の設計図」を発見したとあるが、修司の好奇心の強さがあらわれている。後ろから五行目で「エラスムスという人文主義学者はあまり好きではなかった」と語っているが、「エラスムス」はネーデルランド出身の、ルネサンス期の人文主義者・神学者・哲学者である。一五から一六世紀にかけて活躍した。宗教改革に大きな影響を与えたが、ルターの宗教改革には同調しなかった。ここでは、宗教とのかかわりは好まなかったということだ。後ろから四行目の「中国人街の職人の手が好きなのだ」は、資本主義への疑念である。ロマン主義へ回帰である。

第四連六行目の『疾病流行記』は、寺山修司の演劇である。後ろから三行目の「レンブラントの夜警」は、ロマン主義のイメージを再度立ち上げている。第五連は修司の発言であり、一行目の「ゾイデル海の方には　往けない」は、オランダへの公演旅行には行かない方がよいということだ。「ゾイデル海」は、オランダにかつて存在した湾で、二〇世紀前半に大堤防により外海から切り離され淡水のアイセル湖となり消滅した。第六連二行目の「天井桟敷をひきつれていきたいだろう」は、オランダでの公演を望んでいる、とする語り手の推察である。

最終連二行目の「夜明けはきそうにもない」は、死の確認である。後ろから六行目の「地金銀」は、銀素材である。銀からは銀閣寺が連想できるが、銀箔が貼ってなくても、一級品である。それは修司の演出にも当てはまっている。最終行の「死の寸前の伝言」は、一級品しか創らないということとともに、まだ死ねないともとれる。

単なる前衛ではなく、古代ペルシャの文明・文化やオランダの北ルネサンスなどの古典的な文化を反映した演劇や文芸の創作しようとしていた。前衛と古代文明あるいはロマン主義とが融合した演出を企てていたことや、積極果敢な姿勢を知ることができる。

《**参考文献**》
長谷川龍生：泪が零(こぼ)れている時のあいだは、思潮社、一九八九

三―一 『**立眠**』

一行目からブランク行は数えず、五行ごとに行番号を付けてある。この行番号で解説してゆく。

いきずりの「知床岬」は三つ在る

岩だなの上で　一
オジロワシの十二枚の尾羽根が
突風にふるえている
海の荒地
むすうの白い兎の走る果てまで　五

なまぐさい肉眼の光は
記憶の岬をさがし見つめている
オジロワシの眼巣には「知床岬」が南方にたどり　三つ在る

ワシが翔びたつ　サハリンの四九度線
テルペニヤ湾　海豹島（チュレニ）にむかいあっている　　一〇
北知床岬のなじみぶかい黒い崖
一本の巨木の枝のくぼみ
オロッコ　アイヌ　ギリヤーク　サンダー（山韃人オルチャー族）　キーリン
ホロナイ河流域の棲みわけ集落がうかぶ
柳の木の皮を剥ぎとるにおい　　一五
ひくい林の上
蓋のない舟形棺がさらされている

女優岡田嘉子と演出家杉本良吉が
旅館「山形屋」の裏ぐちに回って　使丁に
「なんとか　つごうしてたも」　　二〇
馬橇を注文した

ボロナイスクの泥炭地の朝がぼんやりと
北緯五十度の国境域まで百十キロ
手に手をとって　雪の斜面をころげていく
国境警備隊のサモエード系犬が吠えたてる　二五
国境をこえれば　足下に
国境は消えた

サモエード系犬が吠えている
ギリヤーク人が校倉(あぜくら)式の丸太小屋から
小さな森の中の仕事場にいく　三〇
巧みな漁猟の丸木舟をつくっているのだ
オロッコ人はトナカイを飼育し
山に入れば　貂(てん)を追いつづける
春になれば　トド猟
チョウ鮫の泳ぐ影を八月に発見する　三五
どこまでも、泥の河を遡り追跡していく
キーリン人　指で数えるしかいなかった

少数民族のもつ沈うつ　卑屈さを見ない
転々と漂泊して　明朗に　鳥類を撃つ日日
かつて東京帝国大学の所有林が「小田寒（おださむ）」という地にひろがっていた
ボナシアという山鳥を　手づかみに獲（と）る　　　　　　　　　　　　　　　　　　四〇
スコットランド料理に　亜種のグラウス鳥のソティが貴族の食卓をかざるに似せて
キーリン人がかくれ小屋をつくって　オジロワシを狙う　狙い定めて　いつまでも

ワシが翔ぶ　サハリンの四六度線
トニンアニワ半島　中知床岬をめざす　　　　　　　　　　　　　　　　　　　　　四五
ボリショエワアイ湖　ブッセ湖を滑走して
旧集落「万別」をよこぎっていく
最上徳内とか間宮林蔵とかの探検隊は旧集落の「乳根」に泊ったであろうか
松田伝十郎の輩下である近江商人たちは、この辺まで　交易にやってきていた
サルオガセの密生林が　霧の湿原につづく　　　　　　　　　　　　　　　　　　　五〇

リトアニアの貴族ピルスースキー家
その家族の一人の男が
中知床のトンナイ湖に流亡してきていた

リトアニアからポーランド独立運動
シベリア流刑から脱走して、サハリン中知床のアイヌ古潭へ　　五五
駐日ポーランド大使館がその次男坊の足跡をつかんでいる
その一人の男はいつか東欧に帰っていった
まもなくセーヌ河に投身し、とある日、パリ警察にその死体は引き上げられている

貴族ピルスーズキー家のおとし子が
中知床白浜アイヌ古潭にいた　　六〇
漁猟の仕事をして　姐さんかぶりをして
人目につかないようにして
盲目の母親といっしょに暮していた
昭和の初めころ　アイヌの栗毛色の伝承と化した
ミセス・ピルスーズキーは　　六五
盲目になっても　シベリアをにらみ
ポーランドを　リトアニアを　にらみ呪いつづけていた　寒海の飛沫に消える

ワシが往きつこうとする
オホーツク海四四度線　本邦の知床の岬

羅臼　硫黄山　獅子岩　セセキの泉　七〇
トド　エゾ松　ミズナラの原生林
ウミネコ　イワツバメも逃走しはじめた
人間が　どこから押しよせているのか
岬の先端へ　先端へと　行列を成している
もう　秘境ではない　サハリンではない　七五
海上では多くの船が　乱航跡をひく

岩だなの上で
オジロワシの十二枚の尾羽根が
爽風になびいている
北方四島　地理の名残り　八〇
むすうの陰影に富んだ海溝がゆらめく
なまぐさい肉眼の光は
記憶の岬をさがし見つめている
オジロワシの眼巣には「知床岬」が北方にたどり　三つ在る
ノン　二つ。　八五

二の「オジロワシ」は生態系の頂点にいる捕食者である。ここから酷寒の叙事詩がはじまる。第一連最終行に『知床岬』が「三つ在る」とある。「知床」はアイヌ語の「シリエトク」(大地の果て)からの名称とされる。旧日本領の南樺太において、国境近くの東部からオホーツク海に突き出ているのが「北知床岬」、南端で宗谷海峡に突き出ているのが「中知床岬」であった。この二つの岬と北海道の「知床岬」を合わせて「三つ在る」としている。

九からの第二連五行目に「オロッコ　アイヌ　ギリヤーク　サンダー　キーリン」とあるが、樺太の先住民族名である。「オロッコ」は樺太の中部以北の民族、「ギリヤーク(エヴェンキ)」は、シベリアにも住んでいた、樺太中部以北及び対岸のアムール川下流域に住むモンゴロイドの少数民族、「サンダー」はウルチのことで、朝鮮民族の祖先にあたる民族、「キーリン」は、シベリアにも住んでいた樺太の先住民族である。次の行の「ホロナイ河流域の棲みわけ集落」は、昭和初期に政府が指定した先住民移住地のことである。「ホロナイ河」は、樺太の北から南へ流れる川である。北海道にも幌内川があるので、道内のことのように勘違いしそうである。

一八からの第三連の場所は樺太である。ファシズムから社会主義への逃走であるが、内実はもっと人間臭いものであった。岡田嘉子はトップ女優で、演出家の杉本良吉は早稲田大学中退ながらロシア語が堪能で、左翼の劇団運動に参加し、日本共産党にも入党していた。岡田には夫が、杉本には結核で闘病中の妻がいた。日中戦争が勃発していた。徴兵を怖れていた杉本を、岡田が誘ったとされている。モスクワが〝理想の地〟に思えたようだ。

二八からの第四連と三七からの第五連では、樺太の先住民族の自然に密着した暮らし方が、リアルに書かれている。四四からの第六連一行目の「ワシ」は、荒涼とした南樺太の風土を表象している。二行目に「中知床岬」とあり、このエリアのエピソードと風景が語られている。この連の後ろから三行目の「最上徳内」と「間宮林蔵」の探検は、地理学的なものではなく、国防のためのものであった。

五一からの第七連は、「リトアニアの貴族ピルスーズキー家」の男とその家族のエピソードである。「リトアニアの貴族」は、リトアニアのエリア出身の貴族ということである。彼はブロニスワフ・ピウスツキで、ポーランド独立運動を指導したユゼフ・ピウスツキの兄である。六行目に「次男坊」としているが、これはフィクションで、史実は長男であり、脱走ではなく刑期が満了したのである。ブロニスワフはロシア皇帝暗殺計画に参加して樺太に流刑となったものの、刑期満了後に樺太アイヌの女性と結婚して一男一女が生まれた。四行目の「リトアニアからポーランド独立運動」については、「リトアニア・エリアの出身者によるポーランド独立運動」ということである。ユゼフが画策したロシア支配からのポーランド独立運動である。ブロニスワフはポーランドに帰国してから、ヨーロッパ各地を転々としていた。彼は文化人類学者としも活動したが、第一次世界大戦終結を前にしてセーヌ川に身を投げた。五九からの第八連は、ブロニスワフがポーランドに帰国した後のエピソードで、彼のアイヌの妻とその息子が、「中知床白浜アイヌ古潭」に住

詩の大会会場

つづけていたのだ。

六八からの第九連二行目の「オホーツク海四四度線」は、知床半島の位置を示している。景観や動植物と、そのエリアの観光地化を語っている。平成一七年に世界自然遺産に登録され、ますます観光地化している。

七七からの最終連は、語り手の視点で「オジロワシ」を見ている。ここまでは、「オジロワシ」の視点でこのエリアでの出来事と人びとの営みを見てきたが、それは語り手の視点でもある。最終行から三行目の「記憶の岬をさがし見つめている」は、歴史を回想している。最終行の「ノン二つ」は、南樺太の二つの「知床岬」が、日本領ではないことへの直言である。

知床半島より北のエリアは、極寒の地であるが、そこは社会の潮流から逃れた、あるいははじき出された人びとの流浪の地でもあった。暖房機器のなかった時代であり、現代人には理解しがたい厳しい生活が営まれていた。題名の「いきずり」は、オジロワシの視点であり、第三者的な視点である。「北知床岬」から「知床岬」までの自然の風土と、それに立ち向かって生きていた人々が、詩的イメージで立ち上がってきている。

既存イスラム

ザムザムと呼ばれる霊泉から
イスラムの始祖が　塩のひと粒になる
メッカの街道　差別の地をあるいていた
嘲（あざけ）り　いじめ　迫害の気順をうける
ひとりの気まじめな男　ムハマッド
カアバ神殿には多くの神像が祀られている
なぜ　アッラーの神だけに絞りこんだのだろうか　賭は「吉（きち）」と出た

不毛と差別　脳の興奮が　天啓をつくる
すべて　入眠時のドラマが
脳の動きを　霊の動きに変えていくのだ
神殿の地の底には　かならず
伝説があり　いつの日にか掘り鍛えられる
契約しよう　石　井戸　樹木
抗争　流血　掠奪　差別　老病人　孤児

急進派イスラム　神にほまれあれ　一五
古い詩の韻が　ヤマン湾に入水（じゅすい）していく
いのちを　音に　変容していく
いのちを　光に　象徴していく
いのちを　愛に　抽象していく
生命をたたみ込み　創造主にせまる　二〇
テロリストがあるいている　最期のたたかいに倒れて　不従順から従順へ——

抑圧された脳から　解放される脳のあいだに
神の現臨がある
背負いきれない困難な事実
その種子を　意識の葛藤に　もち込め　二五
葛藤のながれこそ　救いであり
目ざめのあさの　罪の意識　赦しである
物質万能主義　事実を消していく虚妄の棲むところ
幼い日日に　イナズマを視た

いまは　心のひだに　むすうのイナズマ　三〇
自己の無意識の沼から　割れる　空間を搾（しぼ）り込むエネルギー
ソーマの原液　活力と勇気をつくる
イナズマの像の背（うしろ）に　一本のソーマ樹が立つ
原液のしたたりは　脳の汗　脳の泪
集団主義になってはならない　脳がくさる　三五

一九六九年　ぼくは冬のテヘランに下りた
あのときからどれだけの騒乱があったか
脳の一角が　乱れに乱れ　荒れている
革命があり、原理主義の肉体と思考を知る
一九八五年　レバノンの上空をとんだ　四〇
キリスト教マロン派　シーア派　スンニー派　パレスチナ人　メルキト教徒
この人たちの無意識の領域には　手のとどかないままでいる

一九八一年　サダトを暗殺したイスランブリ中尉
ファラオを殺（や）った　誇りだ　宗教的な大義
われわれに罪はない　アッラーフ　神は偉大なりと叫んだ　四五

いったい　この悪夢は何んだろう
やどり木の上の　むすうの寄生の瘤
瘤がわれて　血がしたたっている
数千年にわたる寄生の瘤が　悲鳴をあげている　五〇

ザムザムと呼ばれる霊泉の傍(かたわら)に
アフー・クハイス山の洞穴があった
洞穴に出入りしていた素朴な村びとたちが
密儀をすてて　祭儀を　おもてざたに
その日から、森林は枯れ　砂けむりがたち
「死」と「再生」の瞑想が　一頭の牛に変り　騎士は短刀を　胸にいだく　五五
ヘカテーの「遠くのものを射あてる」「思いのままに射あてる」

不毛と差別　脳の興奮が　天啓をつくる
すべて　入眠時のドラマが
脳の動きを　霊の動きに変えていくのだ
不毛をとりのぞく　差別をとりのぞく　六〇
貧富の差をとりのぞく　少しずつ豊かになる

不毛をとりのぞきたい　差別をとりのぞく
貧富の差をとりのぞく　少しずつ豊かになる
神の臨現は　公正なる神の意志は
個の脳に「野望」をとりのぞくために在る　　六五

アル・ハンブラ宮殿の　風の音楽を聴く
淋しさ　哀れさ　モーロびとの最期
イスパニヤのイスラムが崩壊していくのは地の果てが消えるに似ている
水を噴きあげる泉が
残照に吸いこまれて、人は居ない
工匠や　商人たちもはなれ　詩人も去った
原理派イスラム　神にほまれあれ
現代の詩の韻が　ヤマン湾に入水していく　　七〇

一つの事実とは　何か
眼前の　貧しさにつきる
人々が叫んでいる
破れた家のまどから　　七五

戦火におしつぶされた土壁の下から
ささやかな家族　うちのめされた差別の民
コトバを失っているコトバ
ながされる日月　八〇
神は　近くにいるが　危機は消えない
犠牲をもとめる業の深さに
地上は　くさりきっているのだ
幻滅にふりかえる遠い視力
空白の　他生をみとめる　八五

冒頭の「ザムザムとよばれる霊泉」は、メッカのマスジト・ハラーム（聖なるモスク）にあり、イスラム社会における聖なる泉である。この泉には、天使が翼で叩いた地面から水が湧き出したという伝説がある。二の「イスラムの始祖」は、イシュマエルであり、全てのアラブ人の先祖とみなされている。同じ行の「塩の一粒になる」とは、岩塩をイスラム教としてその一粒である、ということだ。３の「差別」とは、アラビア半島に古来からあったアニミズム的な多神教信者からの迫害のことと考える。六の「カアバ神殿」は、メッカにあるイスラム教の最高の聖地である。イスラム以前にアラビア人が信仰した多神教の神殿であったとされている。次の行の「アッラーの神だけに絞り込んだ」は、かつてアラビア半島エリアは多神教であったが、一神教に改宗したということである。八の「天啓」は、神の教えである。乾燥とアニミズム的な多神教の地に、イスラム教が生まれたことをいっている。九の「入眠時」は、睡眠状態に入るときであるが、このとき幻覚が起こることがある。「入眠時のドラマ」はイスラム教誕生のことであろう。一三の「契約しよう」は、神との契約である。この行から次の行にわたっての事項について、契約がなされたのだ。

一六の「古い詩の韻が　ヤマン湾に入水していく」とあるが、「ヤマン」はイエメンのアラビア名であり、そのエリアの湾であろう。「入水」は身投げであり、ムハンマドが創設した伝統的なイスラム教の消滅である。次の行からの三行の「いのち」は、信徒の命である。二五の「その種子」は、「困難な事実」の原因である。二七の「罪」は、キリスト教的な原罪なのであろう。次の行の「物質万能主義」は、西洋の近代文明であり、そこには「虚妄」の横行がある、としている。西洋の近代文明を拒否する、ということだ。三二の「ソーマの原液」の「ソーマ」は、ヴェーダなどのインド神話に登場する神々の酒である。三五の「集団主義」は、イスラム過激思想や原理主義であろう。

三六の「ぼくは冬のテヘランに下りた」は、語り手の実際の体験であろう。三九の「革命」は、一九七八年のイラン革命である。四〇に「レバノン」とあるが、ここはさまざまな宗教が乱立しているエリアである。四二の「この人たちの無意識」とは、宗教以外の生きがいといえる。四七の「瘤」は、テロリストのことである。

五〇の「ザムザム」は冒頭に出てきている聖なる泉である。五三の「密儀をすてて 祭儀を」は、アニミズム的な多神教からイスラム教に改宗したことである。五六の「ヘカテー」は、古代ギリシャの太陽神アポロの別名である。六五の「野望」は、物質主義をひろめることであろう。六七の「モーロびと」とは、ムーア人のことで、北西アフリカのイスラム教徒の呼称である。次の行の「地の果てが消えるに似ている」とは、イスラム教徒の勢力拡大の終焉である。七三の「現代の詩の韻が ヤマン湾に入水していく」は、イスラム圏には現代詩の力が及ばない、というのだ。

八〇の「コトバを失っているコトバ」は、悲惨な情況は言葉で表現できない、あるいは詩ではこの難局を打開できない、としているのだ。八二の「神は 近くにいるが 危機は消えない」とは、信仰は貧困の解決にはならない、ということである。次の行の「犠牲をもとめる業の深さに」は、テロ行為のくり返すことである。最終行の「空白の 他生をみとめる」の「他生」は、過去および未来の生のことである。それが「空白」ということは、困窮を救済できなかったといえども、未来がその継続であってはならない、という警鐘である。イスラム教は物質主義を敵視する過激思想や原理主義の台頭したことで、砂漠の風土を生きる規律としての、ムハンマドのイスラム教から逸脱しまったことを憂いているのだ。

カルト

鮫に　大きなウロコがつき
傍をはなれない
鮫人だった
民家の戸をあけると　外は豪雨
道路は　泥水であふれ
やがて　川津波がやってくる

逃げる　逃げて　かくれようとする
水たまりに　脚をとられる
脚にからみつく　布切れのようなもの
腹がすいている　渇いた水道管からせり上ってくる欲望
ながれている小卓子に
川えびのフライが　数匹　皿に

鮫に大きなウロコがつき
傍をはなれない鮫人が

一
五
一〇

食事をしろと　うながす　　一五
やせた川えび　小判鮫に似た男たちが
ながれている小卓子をとりまく
逃げているあいだに　すべてを隠せ

〈審（さば）きの日〉がくるまでに
審く人が　あらわれた　鮫人　　二〇
審かれる人々が　どこかに無数いる

〈死〉は〈生〉よりも深いとおもいつつ
〈死〉が〈生〉よりも浅い〈場〉に位する
カルトの全像である

広い部屋に　うつされた　　二五
四角な祈禱台がはこばれてくる
台の片すみに絵具箱があり
その蓋をあければ　一枚の誓約書
〈審きの日〉がくるまでに

詩人は追放されなければならない　プラトン　三〇

小判鮫に似た男たちが
接着剤を　よこせという
何を接着せよと　言うのか
接着剤は　自己をギマンする麻薬なのか
善き死に場所を探しもとめつつ　三五
無感動な死に場所に至る　豹変の接着

広い部屋を出た
接着剤を　一ダース　胸にかかえる
広い部屋に　帰るべきか
そのまま　道路を逃げて　四〇
接着剤もろとも　自己を隠すべきか
刺激なのだ　刺激材料を抱かされている
鮫人は　自己の中に棲んでいる
つめたい血をもっていて

いつも　小さな集落に一軒の民家をもつ
民家の戸をあけると　いつも豪雨
まわりは　泥水であふれ
やがて　川津波がやってくる　四五

鮫人は　霊媒者のように　ふるまう
盗め　知恵を
詐れ　事と　物を
殺せ　自己を　無私に生きる
まつげが　枯葉の火を燃えうつし
粘膜が抗体のつよさにとろける　五〇

聖なる洋式トイレの夢をみる
清らかなタイルの箱部屋がならんでいる
誰も居ない　覗き見をする気にもなれない
不潔な和式トイレの夢をみる
床がくさり　藁が敷かれ　べとべと
戸が締まり　穴は無数　誰かがひそんで居る　五五　六〇

ながれている小卓子に
鮫人と　向かいあっている
小卓子の上に　ささやかな論理盤
論理駒がうずくまっている
Aには　Bと　Cの毛が生えていて　六五
Aを見つめると　Bと　Cの論理にかえる

いったい　何を詐(いつわ)っているのか
千日手だ　いくら往復しても尽きないが
自己の不安を　追いつめていく
追いつめ　逃げている　七〇
逃げながら　追いつめている
偽似(えせ)の〈審きの日〉を決めなければならぬ

鮫に　大きなウロコがつき
傍をはなれない
鮫人だった　七五

〈審きの日〉がくるまでに
自己を審き　審かれた虚座に安住する
カルトの全像である

〈審きの日〉が訪れても
誰からも問われることはない　八〇
問われたとしても　答える術がない
物の真実は　因襲のとりこになる
因襲は　虚偽の衣をかさね
時をかせぎ　新しい知者の風貌にかえる
二千一世紀の青空にも　八五
〈終末(エスカトン)〉は　生きる

他者に情をもって　何になろう
情はこわれていく　涸れた川　転がる石
他者に怒りをもって　怒りを沈める
憎しみが生れ　テロの化石となる　九〇

ウソの夜が明けた
宿はそのままに　食をもとめに
食がつきるまでの　ルバイヤートだ
しらじらしい日和　かわききった風土の病

草も生えたか　花も咲いたか
鳥も啼いたか　局地戦の悲報しきり
過去は　十分に存在した　埋立地でくさる
未来は　判りきっている　テロの輪廻(りんね)だ

九五

題名の「カルト」からは、新興宗教の教祖が思い浮かぶが、まずはオーム真理教の麻原彰晃であろう。冒頭の「鮫」は、教団や国家のことであろう。三の「鮫人」は、「鮫」のようにいつ襲てくるかわからない人あるいは狂暴な人のアレゴリーである。五の「道路は　泥水であふれ／やがて　川津波がやってくる」からは北朝鮮が思いあたる。山の開発が強引に進められ、すぐ洪水が起こることがイメージされる。七の「逃げる　逃げて　かくれようとする」は、この現状を俯瞰している、語り手の詩人の行動である。

一六の「小判鮫」は、教団・暴力団の幹部や国家の大臣や将軍である。一九の「〈審きの日〉」は、「鮫人」が裁かれる日である。二一の「審かれる人々が　どこかに無数いる」とは、独裁者である「鮫人」に粛清される人がどこにでもいるということだ。二三の「〈死〉は〈生〉よりも浅い〈場〉に位する」は、粛清を意味している。次の行の「カルト」は、「鮫人」のことである。そこで「鮫」は、教団や暴力団や北朝鮮などである。

三〇の「詩人は追放されなければならない」は、プラトンは詩人を嫌っていたことによる。三二の「接着剤を　よこせという」からは、オーム真理教が薬品を売っていたことが連想される。四九の「霊媒者」は、神霊や死者の霊と人間との間の意思伝達の仲介をする者のことである。五二の「殺せ　自己を　無私に生きる」からは、麻原彰晃の幹部へのマインドコントロールにそのような語りかけがあった、と思い出される。五八の「不潔な和式トイレの夢をみる」からは、戦前の日本が国民に過酷な生活を押し付けたことに結びつく。

六二の「鮫人と　向かい合っている」のは、「小判鮫」である。六八の「千日手だ」は、民衆をはぐらかすのに同じ手口をくり返している、ということだ。七二の「偽似の〈審きの日〉を決めなければならぬ」の「偽似の」は仮ので、語り手の詩人が、そうなることを願って、〈審きの日〉を決めておこうということである。八六の「〈終末（エスカント）〉は　生きる」は、教団や国家を指導するカルトは、理不尽かつ独善であるにもかかわらず、法や民衆の怒りをかい潜り生きつづける、ということだ。北朝鮮の場合は、「鮫人」は軍部を掌握しているという政権基盤があることから、生きつづけるであろう。

ヘンドリコフ横町の殺人

生の響きは　沈黙の底の静けさに　在る　　一
モスコーの　ヘンドリコフ横町の
マヤコフスキーの家に　入っていったとき
まるで　貸家さがしの気分になっていた
個室三つ　そまつな食堂　　五
書斎には　すでに詩の魂はなく
パステルナークの朗唱も　消えている
地上に　よみがえるものは　なにもない
詩人の自殺など　他愛のないストーリィだ

エセーニンの首吊りは　詩と同じく　　一〇
死ぬる生きるなど　こと新しいものではない
ただ　流れ出る血でかいた詩の一篇
アングレテール・ホテルの一室の隅の方

そこに三十男の死体が　ころがっていた
ドイツ攻防戦のあとの大墓地をあるいたとき
セルゲイ・エセーニンは　忘れられている　一五

生の響きは　沈黙の底の静けさに　在る
一九六五年　クレムリンの裏の方
マヤコフスキーの墓の前に　立ったとき
少数の家族のなかに　詩人は眠っていたのだ
家具を売りはらい　父親の恩給をつかみ
不安な一家が　素朴な形　石の下に帰る　二〇
フタイス県バグダジ村の一本の橋
渓谷の白い急流には　詩人の夢もそこはかとなく

いったい　この時間は　何んだったろう
詩人の墓よりも　革命家の墓碑が気にかかる　二五
クレムリンのいちばん最初の墓碑
カーメネフ　この知らない亡霊の方が……
ろう細工のような　レーニン全身

その柩もろとも　行列も　知らない土地へ　三〇
マヤコフスキーよ　きみのすべてが　茶番と敗北に見えるとき
きみの祖国は　新しい内戦に入る

一発の銃声は　真に　きみが撃ったのか
ルビャンスキィ通りの仕事部屋の最終場面
シナリオの書き手は　きみではなかった　三五
そんな気もちで　百年後はゴシップの一雫(しずく)
ヴェロニカ・ボロンスカヤという女優の出入りが機械的にすぎるきらいだ
部屋をでる　足をはこぶ　銃声　叫び声　いったりきたり　そして部屋に入らない
その手記は　芝居のト書ではないのか
きみは　見えない姿に　葬られたのでは　四〇

マヤコフスキーが小さな家に横たわるまで
着実に　ストーリィはすすめられた
未来人とは未来に生きる人々のことである
われわれは前夜に立っている
未来人は　謀略の手先きだったのだ　四五

資料を消していって　べつの資料を散らばせていく――
ヴェロニカという女優の背後には
演出家もいたし　幕を閉じる裏方もいた

仕事部屋界隈には　秘密の機関場所があり
ヘンドリコフ横町界隈にも　同じ場所がある　五〇
きみは　首をやわらかく絞められるように
身うごきができなくなるまで追いつめられた
逆転のおとし穴　エセーニンよりも　もっとみじめに　劇的に
きみは　その秘密の機関を知っていた
その機関のルートを　ときどき利用していた　五五
誰にも言わなかったのが　結末をよぶ

そんな妄想は　どうでもいい　ぼくが言う
一九六五年　エレンブルグに　気楽に話しあっていたとき
そのときも　危機意識はあった
未来派の残存している絵画が彼の倉庫に眠っていたが　出さなかった　六〇
官憲の眼　内務官僚の鼻が　何かを嗅ぐ

彼はコスイギンと直通電話を持っていたのに
彼は生きのびていた　圏外に去りながら
スターリンが　彼を許していたのは　何故か

生の響きは　沈黙の底の静けさに　在る
ロシヤとか　ソヴェトとか　シベリヤとか
しだいに　遠くの賭けになるとき
とつぜんに　ヘンドリコフ横町の出来事
パステルナークが駈けつけている
うっすらと見える影の人たちが交信している
組織が殺したのではない　あくまでも影だ

「一巻の終り」　きみは許した
きみが見えている　エルミーロフの顔貌
そんな小官僚は　敵ではない
もっともっと　歴史の敵はさかのぼる
バグダジ村の　一本の木橋
そのむこうに　栗の木の丸太小屋の家

六五

七〇

七五

川の源流のグルジア人の山村
カフカースの山なみの下にひそむ共同体

いったい　この時間は　何んだったろう
戦争があったのですよ　多くの戦争が
人がつぎつぎに消えたのですよ　多くの知識人や詩人が
エスペラント語が生れたのですよ　悲劇の言語が
革命とか　それにつらなる「愛」とか
その偏情は　空港の清掃婦が　せっせと片づけている
ウクライナのザポロージェ・コサックの由緒がきも　紙屑にまるめた
没落貴族の最終の衿りも　バザールの板の上から　消えている
ヘンドリコフ横町も　バスの停留場の一つにしかすぎない

八〇

八五

三の「マヤコフスキー」は、グルジア生まれで、二〇世紀初頭のロシア未来派を代表する詩人である。一九三〇年、自宅で銃弾により倒れ死亡した。当局は自殺と発表した。語り手がそこを訪れたとき、詩人としての活動の痕跡は残っていなかった。七の「パステルナーク」は、マヤコフスキーとは同世代の詩人・小説家・翻訳家であるが、国外では『ドクトル・ジバゴ』の作者として知られている。一九五八年にノーベル文学賞の受賞が決定したが、ソ連共産党にとって侮辱的で許しがたい出来事であったことから、KGB（ソ連国家保安委員会）とソ連作家同盟による反対運動の末、パステルナークは受賞を辞退した。パステルナークがはじめた反体制活動はアレクサンドル・ソルジェニーツィンやその他の反体制活動家によって引き継がれた。九の「詩人」は、詩人一般ということではなく、「マヤコフスキー」であり、「他愛もないストーリィだ」は、語り手である詩人が自殺ではないと信じている、ということである。

一〇の「エセーニン」は、二〇世紀ロシアにおいて最も人気があった詩人の一人であった。一九二五年、まだ三〇歳であったが、アングレテール・ホテルの暖房配管から首を吊って自殺した。次の行の「死ぬる生きるなど　こと新しいものではない」とは、どういう詩を書き残したかが、重要なのである、ということだ。一五の「ドイツ攻防戦」は、第一次世界大戦である。戦争の大量殺人に比べれば、エセーニンの自殺は大きな問題ではなかった。この連では詩人にも自殺はあるとしている。二三の「フタイス県バグダジ村」は、グルジアのマヤコフスキーの生地である。彼は山村の出身で、父親は林務官であった。二五の「いったい　この時間は　何んだったろう」の「この時間」は、革命が進行していった期間である。二八の「カーメネフ」は、ユダヤ系ロシア人の革命家である。一九二七年にトロッキー派とみなされ党を除名されるが、その後、復党と党除名をくりかえす。スターリンの陰謀により一九三五年に銃殺された。次の行の「ろう細工のような　レーニン全身」については、「レーニン」の遺体は永久保存されているが、蝋人形という説もある。

次の行の「その棺」は、「レーニン」のということであろう。三一に「マヤコフスキーよきみのすべてが　茶番と敗北に見える」とは、革命に賛同した彼の詩業の虚しさである。この連ではロシア革命の混迷をいいあてている。

三五で「きみではなかった」とは、自殺に見せかけた暗殺を画策した組織あるいは黒幕がいたということだ。三七の「ヴェロニカ・ボロンスカヤ」は、マヤコフスキーの最後の恋人で、モスクワの芸術座の女優であった。次の行の「部屋をでる」からの一連のアクションは、「ボロンスカヤ」がマヤコフスキーの部屋を出た直後に銃声を聞いた、との供述調書の内容をなぞっている。三九の「その手記」は、供述調書のことであろう。四三の「未来人」は、政権の奪取にかかわった人びとのことである。四八の「演出家」は暗殺を計画した者で、「裏方」はその証拠を消し去った者のことである。四九に「秘密の機関場所」とあるが、「秘密の機関」はＯＧＰＵ（オーゲーペーウー）（国家政治保安部）のことで、反政府運動やリベラル思想を弾圧する秘密警察である。「場所」というのは、ＯＧＰＵの本部はルビャンカ広場に面した所にあり、マヤコフスキーの部屋があった共同住宅は、その広場から少し入った所にあったという位置関係である。なお、ＯＧＰＵはスターリン死後の一九五三年に廃止され、ＫＧＢへ改組された。五五に「その機関のルートを　ときどき利用」とあるが、これはフィクションで、マヤコフスキーがＯＧＰＵと関係をもっていたとの事実はなく、むしろマークされていたのだ。

五八の「エレンブルグ」は、ウクライナのキーウ生まれのユダヤ系の作家である。『パリ陥落』と、一九四七年の対独協力者アンドレイ・ウラソフ将軍を題材とした『嵐』は、いずれもスターリン賞を受けた。後年はスターリン批判に転じた。同じ行の「エレンブルグに　気楽に話あっていた」は、政権側の要人とであろう。次の行の「危機意識はあった」とは、スターリンによる粛清のことである。六四の「彼を」は、「エレンブルグを」である。

六五の「生の響きは　沈黙の底の静けさに　在る」の詩句は、第一連と第3連の冒頭にもあった。生死の分れ目には、陰謀があるということだ。六九の「パステルナーク」が現場に駆けつけた、というのは事実である。七二の『一巻の終り』とは、マヤコフスキーの死であるが、同じ行の「きみは許した」の「きみ」は「マヤコフスキー」であるとすると、暗殺されることを漠然と予知していたとうことになる。次の行の「エルミーロフ」は、ロシアの文芸評論家である。『チェーホフ論』『ゴーゴリ論』『ドフトエフスキー論』で知られている。その次の行の「小官僚」は、暗殺を策謀した者のことであろう。七九の「共同体」は、コルホーズ（集団農場）のようなものである。

八一の「戦争があった」は、一九一七年からのロシア内戦とその後の共産党内の権力闘争のことである。ロシア内戦は赤軍（共産主義者）と白軍（共和主義者）との戦いであった。共産党内の権力闘争はスターリンとトロッキーとの内紛である。八三の「エスペラント語」は、よく知られているが、ポーランド出身のユダヤ人のルドヴィコ・ザメンホフとその弟子が考案した人工言語。母語の異なる人々の間での意思伝達を目的とする、国際補助語としては最も世界的に認知された。「悲劇の言葉」とは、あまり普及しなかた、ということである。八四の『愛』は労働者の救済ということである。八六の「ザポロージェ・コサック」については。ザポロージェは南ウクライナの都市である。コサックは南ロシアの草原で半農半牧生活を送る人びとで、一五世紀頃、武装騎馬民として結束しながら、特権を与えられロシアの辺境警備などにあたるようになった。一八世紀以降から帝政ロシアによる自治剝奪後に国境警備や領土拡張の先兵、国内の民衆運動の鎮圧などを行った。「ザポロージェ・コサック」は、コサックの諸軍のなかでも最古とされている。最終行から二行目の「消えている」ということは、歴史上のさまざまの出来事は消されてゆくということであろう。最終行の「バスの停留所の一つにすぎない」は、マヤコフスキーの死の謎は忘れ去られようとしていることを意味している。ロシア革命直後の混乱の時代における出来事や事件が羅列のごとくつづられている。

『立眠』

マヤコフスキーの死は一九三〇年である。一九二九年にはスターリンのよってトロッキーは追放され、トロッキー派への粛清ははじまっていた。マヤコフスキーのロシア未来派は、旧来の芸術の概念を暴力的に破壊することを目ざしていた。彼は最も人気のあった詩人であり、詩の内容は世の中にたいして風刺的でイロニー的であり、その切っ先が政権批判に向かったときは、スターリンには厄介なことになったはずだ。さらに彼は、トロツキーに傾倒はしてはいなかったものの、トロツキーはマヤコフスキーに好意的であり、彼の詩を論評することもあった。マヤコフスキーはスターリンに警戒せれた、と十分を推測である。社会的情勢からは、彼の自殺は殺人であった可能性は大きい。

三〇年以上たった一九六四年、ポロンスカヤは証言をひるがえしている。マヤコフスキーの部屋を出てすぐに銃声を聞いたのではなかった。芝居の稽古に、タクシーで芸術座に向かってから途中で歩いて引き返してきて、銃弾に倒れたマヤコフスキーを見つけたのだった。マヤコフスキーの死後、彼と関係のあった幾人かの文学者が粛清された。

《参考文献》

長谷川龍生：立眠、思潮社、二〇〇二
稲田定雄：世界の詩集16　マヤコフスキー詩集、角川書店、一九七三
小笠原豊樹：マヤコフスキイ詩集、彌生書房、一九六四
小笠原豊樹：マヤコフスキー事件、河出書房新社、二〇一三

三―一二　『詩畫集　山の音感』

この詩集は昭和五七年から五九年にわたって山岳雑誌「岳人」に連載した詩を集めて、大谷一良の版画が加えられた詩画集である。

山の音感

ピコ・デ・アトネー附近の
小さな氷河の階段だったかもしれない
カフカズのエルブルースの
流氷河のまっただ中だったかもしれない
わがヴァーグナーの音感は
氷人の彷徨とすれちがった
この目で　しかと　見たのではない
この耳で　きゅーんと　とらえたのだ
聲をかける瞬間をわすれた
雪の髭が　わさっと一搖れして
大きな撫で肩が　空間に囘轉し消えた

その夜から　高地は荒れに荒れ狂いはじめた
山小屋のランプの下で
ブレンドを啜りながら
脱出の第一歩を何時にしようかと考える
ゆっくりと旋律が立ちあがる
最初の音が　シャクナゲの花の首を
たたき落とす

冒頭に「ピコ・デ・アトネー」とある。スペイン語で「pico de」は、の山であり、アトネー山ということだ。何処にある山かは、分からない。ピコ・デ・アネトはスペインのピレネー山脈最高峰で、ピコ・デ・オリサバはメキシコの最高峰である。一〇行目の「雪の髭」は、樹氷あるいは斑状に雪の張り付いている岩壁のことであろう。同じ行の「一搖れ」は、岩壁の場合は幻想である。後ろから四行目の「脱出」は、この場所からのであるが、そうではなく俗世間からの脱出ともとれる。次の行の「旋律が立ちあがる」とは、山の景観が想い浮かび、そこに「ヴァーグナー」の旋律のイメージが立ち上がってきたのだ。「ヴァーグナー」の音楽は、象徴主義として知られている。最終行の「たたき落とす」は、ロマン主義的な自然讃美の否定である。

山に迷う思念

また　夢をみた
山に迷っている　強い雨にうたれ
それでも　何かの目的が
目の前に確かに存在するように
消耗しないよう
へばり　倒れないよう
頭腦の一角で　醒めた命令が走る
そこで　一人の山男に會った
口をきこうとするが
聲にならない
いや、口をきこうとしているのではなく
顔をそむけて　恥しがっているのだ
恥しい　恥しいと思っているうちに
その山男にいく方向と
反對の方向にいこうとしているのか
山に迷う思念は

ごくつまらないよじれた心である
五十四歳になっても

二行目の「山に迷っている」は、山へのチャレンジの強行を迷っているのである。三行目の「何かの目的が／目の前に確かに存在」は、年齢的に高峰に登れなくなったことで、さらにその意義を感じているのである。八行目で「一人の山男」が登場する。語り手は言葉をかけようとするが、一二行目で「顔をそむけて」とある。これから山に挑もうとしている山男に引け目を感じてのことだ。後ろから二行目の「ごくつまらないよじれた心」というのは、山に挑むことに固守するのではなく、年齢相応のことにチャレンジすればよいということであろう。いつまでも高峰を目ざしたいという登山家の葛藤といえる。

消えた

頂上を極めてからも
激風が吹きまくっている
そこで　交信が絶えた
そのすがたが視界から消えた

いま　聖域の非情さがひしひしと胸をうつ
神の白い手がのびたのだ
白い衣裳が空間をさえぎって
そのすがたを　消した
もう何も言うまい　昨日の冒険のことを
もう何も言うまい　過去の征覇のことを
何百年の時間が經過し
暖冬異變が生じ
神の白い手が後退しはじめたとき
そのすがたが視界から現れる
はじめ　二人だとおもっていたが
べつの人影が一人づつ立ち現れ
ぜんぶで六人　いや七人
ゆっくりと聖域から脱出してくる
もう何も語るまい　生命のことがらを
もう何も語るまい　さあ暖かいコーヒーだ
ただ　それだけのことだ

四行目の「消えた」は、山に命がけで登っている登山家の姿が、である。七行目の「白い衣裳」は、猛吹雪や濃霧により、視界が全く利かなくなるホワイトアウトである。一三行目の「神の白い手が後退」は、この前の行に「暖冬異變が生じ」とあり、令和の時代では「異變」ではなく、常態的にヒマラヤやヨーロッパ・アルプスにおいて氷雪が解けはじめている。この詩が書かれた昭和の時代には、地球温暖化は社会問題にはなっていなかったが、それを予期していたのであろう。温暖化には神の力も及ばない。一四行目の「そのすがたが視界から現れる」からは、温暖化で氷雪がなくなった高峰に、新たな登山家のチャレンジがはじまったことを意味している。後ろから四行目の「ゆっくりと聖域から脱出」とは、「脱出」ではない。「聖域」という氷雪地帯が失われたことで、登山の危険が半減したということだ。温暖化により山の聖域が、氷雪からなる神の領域でなくなりつつあるのだ。後ろから二行目の「もう何も語るまい　さあ暖かいコーヒーだ／ただ　それだけのことだ」ついては、詩人はそれに対して傍観するしかない、ということだ。人類全体が自覚しなくてはならない問題である、と言いたいのだ。

描像

生成　消滅の心をつよく懐(いだ)きながら　山の生命と存在に魅かれるのは　地殼の力學を全身

に感じるからである　生成も力であれば　消滅も大いなる力である　その力の安定している時間に山の描像をもつことは　人間の特権であろう　神秘をこえて　新しい神秘が再び迫ってくる　いくたび山を征服しても　すぐに夢になる　誇りよりも夢に帰る

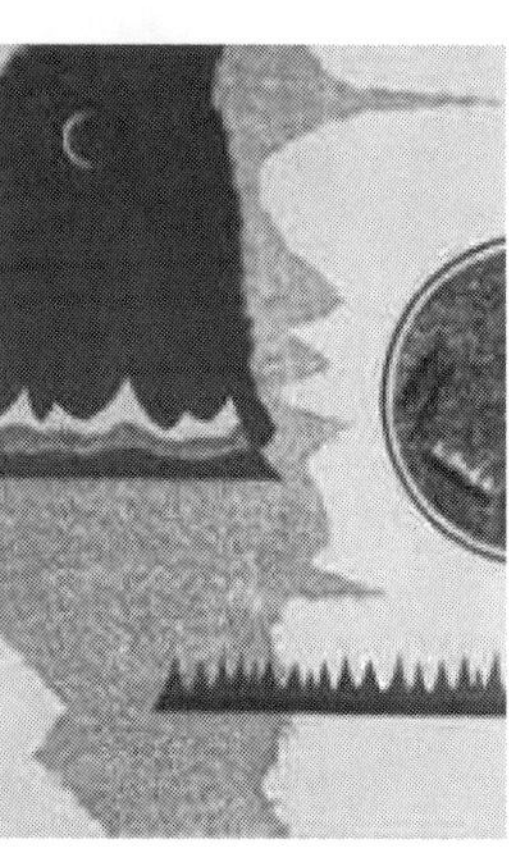

『山の音感』

一行目の「地殻の力學」は、造山運動である褶曲運動や断層活動の暗喩である。二行目の「力の安定している時間」は、造山運動の休止期である。現代はこの休止期にあたり、そこで現代人は登山をして、山景を眺望している。最後から三行目の「いくたび山を征服しても　すぐに夢になる」とは、憧れの山を登破しても、さらに登破したい山が脳裡に屹立してくるということだ。同じように、文化芸術や科学技術においても、登破すべき高峰という難題や限界はエンドレスに現れてくるのである。

長谷川龍生は登山をしたことはあるものの、本格的な登山はしていないはずだ。長谷川は登山の詩について、「山の崇高さは凡人では判らない。山に登っているが、山だけではなく、社会にある困難という山にも登っている。大地の斜面をあるいているだけではだめだ。その延長の空にまで登らなくては」と、日本文学学校の詩講座で語っていた。この詩集では登山を想像でイメージしつつ、詩的空間での登山を敢行する、あるいは躊躇することで、登山とは山の崇高さや厳しさ、さらに自然の意味を体得する営みであると提言している。

《参考文献》

長谷川龍生／大谷一良：詩畫集　山の音感、鹿鳴荘、二〇一七

あとがき

長谷川龍生の最大の特徴は、長編詩が多いことにある。長谷川龍生において長編詩とは、何行以上の場合をいうべきなのか。詩集（以下、詩集は略す）『詩的生活』の「霧の小字をすぎて」は七二行、『知と愛と』の「カルカッソンヌ霧駅」は六九行、同じ詩集の「ローマン・ヤコブソンのさびしいさびしい葬儀」は六六行である。そこで中編と長編の分かれ目は、六〇行ではもの足りないので、六八行とするのがリーゾナブルとした。そして長編詩の代表作を列挙すると——。『虎』の「恐山」「虎」、『泉という駅』の「泉という駅」、『直感の抱擁』の「天皇陵幻想」、『詩的生活』の「霧の小字をすぎて」「柩は停まって、またあるく」「王貞治が6番を打つ日」、『バルバラの夏』の「一篇の抒情詩をつくるための風」、『知と愛と』の「光量子の雨にうたれて」「カルカッソンヌ霧駅」、『マドンナ・ブルーに席をあけて』の「3　ヘンリー・ムーア氏と」「4　毛布頭巾をかぶって」、『泪が零れている時のあいだは』の「泪が零れている時のあいだは」「西暦七八三年十月六日の水枕に」「寺山修司よ」、『立眠』の「立眠」「いきずりの「知床岬」は三つ在る」「既存イスラム」「カルト」「ヘンドリコフ横町の殺人」などが挙げられる。これらの詩にたいして、さらに厳選した代表作ついて、内容の要点を簡潔にふり返る。

『虎』の「恐山」は、「きみも、他人も、恐山（おそれざん）！」のリフレーンとともに、社会や組織や集団において、人に裏をかかれない、逆に人の裏をかくことで、生き残ってゆけると語っている。

『泉（ファンタン）という駅』の「泉（ファンタン）という駅」は、シベリア旅行の体験をベースに、素朴な人間讃美をうち立てている。

『直感の抱擁』の「天皇陵幻想」は、天皇陵というパワースポットで、学生の長谷川龍生らしき若者が呪術をかけているところからはじまり、そこには古代の大地をとり戻そうとする祈りが感じられる。しかし近代・現代の合理主義・物質主義が駆動する社会の怪物化は、天皇陵の霊的パワーをはねのけ、革命も形骸化しながら進行していることを語っている。

『詩的生活』の「王貞治が6番を打つ日」は、〝世界の王〟が6番を打つ日がきたとしても、世間並みの生活をおくっている野球人である語り手の、社会的な地位や生活が大きく変わることはないというドラマである。人生とは悲哀の詩情（ポエジー）のもとに進行しているということだ。

外国で街中を、詩作のために一日中歩きまわったことがあった、と長谷川龍生から聞いたことがある。『バルバラの夏』の「一篇の抒情詩をつくるための風」は、そのような体験を詩につづっている。

『知と愛と』の「カルカッソンヌ霧駅」では、十字軍はイスラム圏を攻撃しただけでなく、正統の旗印のもとに、異端キリスト教圏をも攻撃征圧していた、その痕跡をたどっている。『マドンナ・ブルーに席をあけて』の「3　ヘンリー・ムーア氏と」においては、二〇世紀のイギリスを代表する芸術家・彫刻家であるヘンリー・ムーアの作品からのインスピレーションを、チウトン人や婆羅門教の性交のポーズに結びつけている。『泪が零（こぼ）れている時のあいだは』の「西暦七八三年十月六日の水枕に」は、奈良時代に遣渤海使船・能登の帰路において高内弓（こうのないきゅう）の一家が虐殺された事件を題材に、その他の事件もからめて、弱者は抹殺される理不尽とその反抗についての詩劇である。『立眠』の「いきずりの「知床岬」は三つ在る」では、三つの「知床岬」とは世界自然遺産となっている北海道の「知床岬」と旧日本領南樺太の二つの「知床岬」であるとしている。そのエリアは社会の潮流から逃れた、あるいははじき出された人々の流浪の地でもあった。冒頭で登場するオジロワシが、南樺太の「北知床岬」から、極寒の生活と理不尽な歴史の痕跡を見下ろしながら、北海道の「知床岬」まで飛行する。

音楽性に乏しい日本語での長編詩は難しいとされているにもかかわらず、これだけの長編詩の傑作を創作した詩人は、前人未踏というより空前絶後といえよう。

長谷川龍生の長編詩では、社会的なテーマのものについては、出来事・事件に焦点を絞りつつ情勢を鳥瞰的に描出するだけでなく、ヒューマニズムや知と愛の哲学を提言している。他方、それらの長編詩では、詩に出てくる事件のあらましや人物の足跡などを知っていないと、読解や鑑賞が難しい。読者はそれらを調べる必要があるが、調べることが詩を読解していることにもなる。

長谷川龍生の長編詩のなかから最高傑作を、詩としての面白さというより文学的な見地から選ぶとすると、「恐山」、「天皇陵幻想」、「西暦七八三年十月六日の水枕に」、「いきずりの「知床岬」は三つ在る」の四編にしぼれるであろう。「恐山」は「きみも、他人も、恐山！」の一句で有名であるが、そもそも「恐山」は霊的な世界であることからは、下地にはロマン主義がある。「天皇陵幻想」についても、「天皇陵」というパワースポットは、霊力にもとづくロマン主義である。「西暦七八三年十月六日の水枕に」では、場面の転換とともに新たな出来事・事件が引き出されている。「いきずりの「知床岬」は三つ在る」では、情景の転換とともに新たなエピソードの場面となっている。長谷川龍生の詩法の頂点を極めているのは、「西暦七八三年十月六日の水枕に」と「いきずりの「知床岬」は三つ在る」とすることができるであろう。そして晩年になるほど完成度が高まっているとして、最高峰は「いきずりの「知床岬」は三つ在る」ということになる。

日本語の長編詩の最高峰を五作挙げるとすると、読者の文学的な好みや世界観にもよるが、宮沢賢治「小岩井農場」、西脇順三郎「旅人帰らず」、吉岡実「僧侶」、入沢康夫「わが出雲・わが鎮魂」、長谷川龍生「いきずりの「知床岬」は三つある」が挙げられるであろう。「小岩井農場」は変幻自在の場面描写、「旅人帰らず」は情景への感懐から引き出された東洋的諦念の詩情、「僧侶」は人間の深層にある悪徳の露呈、「わが出雲・わが鎮魂」は現代の出雲を神話化することでの近代化批判を交えた郷土愛の詩情、長谷川龍生「いきずりの「知床岬」は三つ在る」は寒冷地の厳しい生活と時代の潮流はじき出された苦難の詩情である。「いきずりの「知床岬」は三つ在る」は他の四編に比べて知名度が低い。それは怪奇な場面や奇抜なアクションや謎めいたストーリ性がほとんどないことから、詩的なインパクトが小さいためといえる。歴史をベースに詩が成立しているからである。そこでは歴史を見直すとともに、ヒューマニズムの意味が高められている。人間と社会のさまざまな理不尽と不合理や人間性の喪失を、現代の視点から弾劾している詩想は、長谷川龍生の長編詩が頂点を極めているといえる。

　中編・短編の代表作の中でとりわけ斬新なものを選んでみた。『パウロウの鶴』の「パウロウの鶴」「瞠視慾」「理髪店」「カンムリツクシ鴨」、『虎』の「二つの抜け穴」、『泉という駅』の「遥かなるアルダン」、『直感の抱擁』の「ちがう人間ですよ」、『詩的生活』の「土工の眼」「野に咲く花ノート」「京都の町の不思議な電車」、『バルバラの夏』の「一瞬のサルトル」、『椎名町「ラルゴ」魔館に舞う』の「四人組」、『知と愛と』の「ローマン・ヤコブソンのさびしいさびしい葬儀」、『マドンナ・ブルーに席をあけて』の「6大陸を横断して」、『泪が零れている時のあいだは』の「越中おわら「風の盆」」、『立眠』の「賢慮、生きる流浪とは」、『山の音感』の「山の音感」、「消えた」などが挙げられる。『パウロウの鶴』には、代表作といえる長編詩がなかった代りに、中編・短編の傑作が多い。それが、この詩集が多くの読者に受け入れられている要因となっている。ということから、長谷川龍生の詩集のなかでは、『パウロウの鶴』が最も有名といえそうである。長谷川龍生の傑作は長編が多いことからの読解の難しさもあり、さまざまには論考されてこなかったが、これから探究が進められてゆかなければならない。

『立眠』の「あとがき」に「宗教的な絶望が先行したとき、文学的な絶望をもって杭を打ち込んだ。ある人から見れば、それは逆の行為であるだろうが、わたくしの主体は、あくまでも文学的である」と書かれている。宗教、とりわけ仏教の理念は、〝万人の救済〟である。文学により、その実現を目ざしているといえよう。この詩集からは、歴史上の戦乱の無意味、暴力行為の理不尽、国・地域・組織からの遁走の苦難、治世の合理と不合理などを、立ち上ってくるイメージとともに体験的に認識できるのである。それが〝万人の救済〟につながるといえる。また、歴史書や評論を読むのは退屈に感じても、詩であれば、謎解き的に読むことはできそうである。

とりわけ、『泪が零れている時のあいだは』『立眠』では、シュルドキュメンタリズムによって歴史に切り込んでいる。その狙いについて、エッセイ「自分の天職とは逆の方向に美をもとめて」において、歴史を民衆のスタンスで改訂することだとしている。

私は、現在、数千年の歴史の圧力にうずもれた民衆を、静かにふりかえる。それは「怨」にならない「怨」であり、そして現在の文明時代に至っている。私たちは、余りにも、支配者側の歴史、人民管理側の歴史を、私たちの歴史として錯覚してきている。もちろん、それも一つの捏造した、構成された歴史であるが、そこには、大衆の思いなど、ひとかけらもない。ゆえに、私たちの心に住み、うけつがれてきた本能のようなものの実体が、その歴史観からは消去されてしまっているのである。これは怖るべきことであり、はげしく戦慄をおぼえることである。私たちは、現在、大衆の夢の中にねむっているさまざまな要素を、とりだして、ねむらしていた実体に迫る必要があるだろう。そこに、自己の存在理由があり、生命の持続燃焼があるような気がする。

現在の先進国では民衆の主体は中産階級であり、政治への影響力も大きくなっている。歴史を改訂するとは、民衆志向というよりは、ヒューマニズムを志向した思想を築く企てである。人間の歴史は歴史書に書かれている大事件だけでなく、そこに埋もれた事件や出来事がある。シュルドギュメンタリズムでは、それらも掘り起こし、人類と社会の将来に警鐘を鳴らしていることもある。

代表作をことごとく読解して、気づいたこととしては、年代が進むにしたがって、長谷川龍生の詩法の特徴が際立ち、それにともなって難解になっている。『泪が零(こぼ)れている時のあいだは』や『立眠』から読むのではなく、戦後詩の時代の『パウロウの鶴』や『虎』や『泉(ファンタン)という駅』から読みはじめる方が、読解や鑑賞が順調に進むであろう。

詩のモダニズムを代表する方法が、ダダイズム・シュルレアリスム・主知主義である。第一次世界大戦中にスイスのチューリッヒでダダイズムがはじまり、戦後にシュルレアリスムや主知主義が台頭した。ツラのダダイズムは、言葉から意味を除き観念的な価値観の転覆を、ブルトンのシュルレアリスムは、狂気と正気の逆転による精神の自由を、エリオットの主知主義は、俗悪な営みへのアレゴリーから求道による精神の再生を図った。その後、詩のモダニズムは、近代社会における人間性喪失の暴露や合理主義・物質主義の打開をテーマとしながら発展してきた。

長谷川龍生の詩においては、中編・短編では「パウロウの鶴」と「理髪店」が、長編詩では「恐山」と「虎」がとりわけ有名といえるであろう。しかしながら、「シュルドキュメンタリズム」を駆使したモダニズムの発展型としては、その後の長編詩の方が、詩法の巧みさや詩想の深さについては、レベルアップしているといえる。長谷川龍生の詩の世界について、詩法のメカニズムと成果、各詩の詩想や意味を、解き明かすことができたといえよう。

東京都世田谷区の老人ホーム・90歳

長谷川龍生先生は令和元年八月に逝去されたが、東京都世田谷区の病院に入院される直前まで指導いただいたことに、また新宿・朝日カルチャーセンターの荒川洋治先生には第二章「詩法の変遷」について査読していただいたことに、厚く感謝申し上げる。

《参考文献》

長谷川龍生、片桐ユズル：現代詩論6、晶文社、一九七二

●著書

『いくつもの顔のボードレール』（図書新聞）
『巨匠探究―ゲーテ・ゴッホ・ピカソ―』（図書新聞）
『山・自然探究』（図書新聞）
『詩のモダニズム探究』（図書新聞）
『短詩型文学探究』（図書新聞）
『雲ノ平と裏銀座』（近代文芸社）
『秘境の縦走路』（白山書房）
『大雪山とトムラウシ山』（白山書房）
『北海道と九州の山々』（新ハイキング社）
『シンセティックCAD（Computer Aided Design）』（培風館、図学会編、分担執筆）

●入賞実績

平成18年　コスモス文学新人奨励賞（評論部門）「詩人を通しての自然」
平成18年　三重県の全国俳句募集「木の一句」　大紀町賞
平成19年　コスモス文学新人奨励賞（詩部門）「聖岳（ひじり）」
平成24年　第一回与謝蕪村顕彰 与謝野町俳句大会　宇多喜代子選　秀逸
平成29年　第六八回名古屋市民文芸祭　俳句部門　名古屋市文化新興事業団賞
平成29年　第五七回静岡県芸術祭　評論部門　奨励賞　「詩『荒地』とは何か」
平成31年　第五九回静岡県芸術祭　評論部門　静岡朝日テレビ賞
　　　　　「象徴から『軽み』への蕉風俳諧とその後」
令和2年　第七二回実朝忌俳句大会　鎌倉同人会賞
令和2年　第三九回江東区芭蕉記念館時雨忌全国俳句大会　稲畑廣太郎選　特選

現住所　〒214-0023　川崎市多摩区長尾7-31-10

著者略歴

前川整洋（まえかわ・せいよう）

昭和26年　東京生まれ
昭和51年　名古屋大学大学院卒業。
小学校5年のとき高尾山に隣接する景信山（727m）に登ったのをきっかけに、登山をつづけるとともに、山岳紀行、詩、俳句を書きはじめる。その体験を活かし自然、詩、俳句についての評論も書く。深田久弥の日本百名山完登。産業機械メーカーで流れと熱の解析を担当。評論『いくつもの顔のボードレール』・『巨匠探究―ゲーテ・ゴッホ・ピカソ―』・『山・自然探究』の執筆で新境地を拓くとともに、現代社会に求められている精神の再生と自然界の霊的境地の顕現を推し進めた。さらに『詩のモダニズム探究』では、モダニズム詩の台頭の経緯や詩法とその意義を、『短詩型文学探究』では連歌・俳諧も短詩型とみなして和歌・連歌・俳諧・俳句の進化の因果関係を解き明かした。
作家　詩人　俳人
現代詩創作集団「地球」（平成21年終刊）元同人
俳句会「白露」（平成24年終刊）元会員
新ハイキング会員

長谷川龍生の詩とその歩み探究

二〇二三年五月一〇日　初版第一刷発行

著　者　前川整洋
発行者　静間順二
発行所　株式会社図書新聞
〒一六二-〇〇五四
東京都新宿区河田町三-一五　河田町ビル三階
電　話：〇三-五三六八-一二三二七
FAX：〇三-五九一九-二四四二

装幀・DTP　株式会社ゼロメガ
印刷・製本　中央精版印刷株式会社

ISBN978-4-88611-484-6　C0090
定価はカバーに表示してあります。